后浪出版

Tracing
Certitude:
Stories of A
Woman's
Expedition

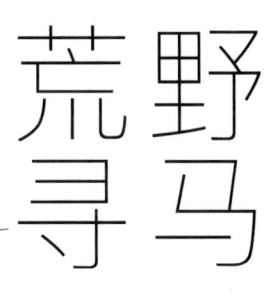

荒野寻马

依蔓 著

江苏凤凰文艺出版社

图书在版编目(CIP)数据

荒野寻马 / 依蔓著 . -- 南京:江苏凤凰文艺出版社, 2025.6. -- ISBN 978-7-5594-9553-2

Ⅰ. I267.4

中国国家版本馆 CIP 数据核字第 20253AZ429 号

本书中文简体版版权归属于银杏树下(上海)图书有限责任公司。

荒野寻马

依蔓 著

项目统筹	尚　飞
责任编辑	周　璇　曹　波
特约编辑	王辉城
装帧设计	安　蓝
责任印制	杨　丹
营销统筹	陈高蒙
营销编辑	汪　简
出版发行	江苏凤凰文艺出版社
	南京市中央路 165 号,邮编:210009
网　　址	http://www.jswenyi.com
印　　刷	天津联诚印刷有限公司
开　　本	110 毫米 ×172 毫米　1/32
印　　张	9
字　　数	132 千字
版　　次	2025 年 6 月第 1 版
印　　次	2025 年 6 月第 1 次印刷
书　　号	ISBN 978-7-5594-9553-2
定　　价	58.00 元

江苏凤凰文艺版图书凡印刷、装订错误,可向出版社调换,联系电话 025 - 83280257

目录

旷野寻马
    启程 003
    马马马马马 021
    北境冬天 050
    春天是最难看的季节 090

野马削鬃
    灰狼 109
    宝格德乌拉 123
    埃平森林 143
    萨布塞多 157

穿越荒原
    秀英厨房 203
    蒙古驯鹿 221

旷野寻马

在看似自由,也意味着极度动荡的生活之中——如果真的存在所谓确凿不移的东西,真正可以仰仗相信,真正抓得牢靠得住的东西——在这样的地方也可以存在的确凿的东西,才是真实的,经得起冲刷的吧,我想。

启程

我把脸贴近车窗玻璃,用力往远处望。一匹黑马在缓坡的最上方,褐黄色的地形线条以它为中心,向两侧垂落。它是顺滑的地平线上唯一的凸起,嵌在正午的晴空之中。它也正在望向我们:一辆越野车,牧民小黑哥和我。

黑马仿佛知道这两个人类为何而来,也知道自己不需费太大力气就能躲过追捕。它腿脚灵巧地和车保持距离,变换方向。车开下水泥乡道,进入麦地,麦秆金黄的粗硬短茬把汽车底盘刮得噌噌作响。车和马绕着圈子跑。马轻盈地跑出圆弧,与车的轨迹近乎成圆。车停下,马立在这个虚拟圆环直径的最远端。车不动,马也不动。人追得有点恼。

小黑哥半趴在方向盘上,嘴唇微张,盯着缩成一团剪影的黑马。

这是黑马从村里马场被放归草原的第三天。

黑马叫秃耳朵,耳朵从小缺了一块,据说是被冻掉的。独行的马不多见。作为群居动物,马通常结伴而行,彼此照应。但自打秃耳朵几个月前来到马场,就一直独来独往。说不清是生性不羁,还是马群不接纳新马入群,它总站在马场最边缘的围栏边,赶马回圈时偏往反方向跑,趁人不备出逃。在马场常能听到怒吼:"那黑马呢,不会又他妈跑了吧?"于是人去找马。

马圈有边界,有牧民时时照看,然而旷野危险。落单的马,最好抓回村子里,单独喂养。

我待在车里,也屏息紧盯着秃耳朵。小黑哥回转方向盘,往侧边开,意图把秃耳朵往靠近水泥车道的低地赶。我不希望这场抓捕有太多曲折,又暗自为秃耳朵叫好。连躲避追捕都这样气定神闲,不紧不慢。

局势继续胶着。车行,马走。

。。'。

　　从城市来到草原一个月，我做得最多的事不是骑在马上，而是坐在车里，和牧民一同找马。那是 2022 年秋天，在靠近俄罗斯边境的村庄恩和。我在当年春天提出离职，同时决定离开上海，告知房东将提前解约，接受扣除押金的条件。那个春天，整座城市被疫情困作一团尚未成形的琥珀，黏稠的胶质粘裹生活在其中的每一个人，动弹困难。一切确定性变得可疑，荒诞成为常态。

　　其实也并非一定要离开。确定性摇摆固然带来惶乱，但日子不至过不下去。人擅长用遗忘来推动生活，延续惯性，维持秩序。潮水冲刷旧痕，很快将之抹平。记忆变得模糊的速度远在意料之外。因此在外看来，这个决定莽撞。离开熟悉的城市，放弃工作，决心去从未到访过的边境地带住上不知多久。

　　"恩和在哪？"朋友们问。

　　"距离海拉尔车程几小时的村庄。"

"海拉尔又在哪？"

"呼伦贝尔，内蒙古。"

朋友们在地图上搜索定位。"是在这样远的地方吗，已接近中国地图最北端的尖角，距离俄罗斯不到一百公里。"那也是我第一次在地图上看到它，同他们一样讶异。

六年前从北京辞去一份稳定的体制内工作，把将近十年的时间压进八个箱子搬到上海时，我以为会住上很久。新工作让人雀跃。一周做七八个采访，写两三篇稿件，不知疲倦。采访成为我与外界打交道最多的方式。你有充足理由接近对方，细致观察、发起提问、收集一切可触达的信息。像浪子游移于一个又一个选题，一个又一个与我对话的人。

那是 2016 年，环球旅行、间隔年、离职、创业、自由，这些蓬勃的词汇仍然诱人。我的许多采访对象彼时正在实践"脱轨人生"。我写他们的某一段人生切片，记录每一种"生活创新"可能，也成为别人眼里脱轨的人。母亲因我辞去工作气得半年不与我讲话。但我无法让她理解，我实在不知怎样掌握讨领导欢心和把事情做好之间的平衡；讲话稿里的排比句写得越漂亮，报告里瞎编的数据论点越完备，心里越是发慌；办公室政治联盟以生活隐私为给养，不站队，不表态，不意味着就能够全身而退。而埋头写作，在弄堂里工作室与同事们激烈讨论某个新想法的可行性，去测试它、实现它……多么生气勃勃。

这座城市也同样生气勃勃。在悬铃木树荫下骑车往返于工作室和住处，一百多年历史的小马路宽度宜人，两侧小店几乎每家内里都精心摆置，让人可以一直流连。回到东诸安浜路上与室友合租的房子，被每一层厨房排烟管道出口的家常食物气息熏染。

待得久了，知道那样的房子是上海老公房的常见格局：狭长，两头各有一室，一大一小，中间通道是厨房和厕所。厨房对着天井，也与隔壁人家的厨房相对。在那里住的一年，我常和对家女主人面对面炒菜。为了通风，两家厨房窗户都开着，通油烟，也通许多声音。她喜欢站在厨房里大声说话，音调繁复、语速极快地对空训斥。距离实在太近，听上去也像站在我们家里动怒。室友是上海姑娘，她与我翻译，骂的是老公和儿子懒，在家什么都不做。但奇怪的是，我们从未见过她口中的老公儿子。他们连反驳都不曾有过一声。

2022年春天在上海的最后一个住处，也是那样的老式楼房。

有一回街道发了大袋青椒，第二天中午对面传来噼里啪啦炒菜声，然后是剧烈咳嗽声。两声交织中，一个中年男声突围："哎，你们家是不是在炒辣椒啊！"两个中年女声交错回应："哦哦哦是的哦！发的辣椒，没想到那么辣！"男声再回："哈哈哈，你们炒辣椒，我在楼上咳嗽！好玩伐！"女声也笑："哈哈哈，是哦！对不起哦！"

往窗外看，是上下楼两户人家探头和彼此说话。再一会儿，我也闻到油爆辣椒香气，呛得也小声咳嗽。

一户人家是年轻妈妈带着女儿和她的母亲同住，常能听到她们讨论烧什么菜吃。一日，听外婆厉声训斥小孩："你在吃什么！你怎么吃我买的东西！这是我买的！"过了一会儿，外婆声音软下来，有些撒娇意味:"这是我排队两个小时买的呀,本来是我要吃的呀,但是你吃掉了呀,我没有吃的了呀……你吃掉我买的东西,你爱不爱我呀?"那周小区旁的超市在关闭一个多月后重新开张,门口队伍排到小区门口,又延伸到隔壁马路去。不知这位外婆买了什么好东西。

"你爱不爱我呀?你说话呀,你说你爱不爱我呀。吃了我买的东西,你爱不爱我?"那位外婆一直问。小孩不应声。

有几日,对面楼邻居接连吵了许多架,每次午后开始,持续一个下午。其中一方的肺活量远胜另一方,本该是对骂,听上去只是大声量的单方咆哮。

"你个恶人,你给我滚出去!你现在就给我滚!狗东西,天天在这里打游戏!"

声音因为歇斯底里而失真,辨不出性别。最开始我以为怒吼的是位女性,对伴侣在家天天打游戏不满。这更像常规叙事。但几天过去,更多信息碎片在怒吼中被增补,我得以拼凑出大致剧情。咆哮的是一位年轻爸爸,刚出生的孩子两个月大,家里还有一位帮忙照顾的阿姨。而天天打游戏的,是家里的年轻妈妈。

年轻爸爸的声音的穿透力实在强,隔着一个楼间距,声浪拍到玻璃窗户上。

"换衣服呀!你换呀,换好衣服你快滚啊!

"整天说我不如你们家,不如你们同事,不如你们同学,你他妈还在这里说我贬低你,你不是天天在家里贬低我啊?我他妈在这个家里也受够了!

"孩子哭了你不管,阿姨现在要□□□(听不清)你又说要开始工作了!你管过孩子吗?

"我现在一秒钟都不想看到你,我不想看到你!一秒钟都不想看到你!我一秒钟都不想看到你!我不想看到你!我不想看到你!我不想看到你!我不想看到你!

"我不想听到你的声音!我不想听到你的声音!我不想听到你的声音!"

大段独白中,年轻爸爸中气十足地接连吼出八句"我不想看到你"。句与句之间有起伏变化,造句也有微妙差别,直至最后三句推到高潮。声音控制得很好，没有飘至破音。

风把白色纱帘吹得晃动，整个小区异常安静。正在看电视的似乎也把声音关小了，只有鸟鸣，和孩子零落的不合时宜的笑声。半晌，年轻妈妈的声音突兀地钻出来："房子一人一半！"

婴孩的哭声升起，又渐弱。

那个春天，我在房子里被迫听了许多出声音剧场。剧情因人们大部分时间被迫待在家里而急剧发酵，变得更加激烈紧凑。哭喊和争吵有时发生在白天，有时在夜里，半梦半醒之间，辨不明虚实。我总希望它们只是彩排，只是梦境。

控制之上叠加控制，城市变得疏离冰冷。

在庞大失序和剧烈流变之中，存在确凿不移的东西吗？我忍不住想。现代都市系统极致繁盛但无时无刻不处于极致控制之下的确凿看似坚固，实则无比脆弱，它是虚空，唬人的假物。

在此之前，我从未去过草原，也从未亲近过马。荒野于我而言是遥远模糊的字眼。在城市出生长大，我熟悉柏油马路、玻璃幕墙的反光，熟悉人造的自然——花坛、绿地、公园、植物园、动物园。我知道自己出生的医院就在距离家步行十五分钟的地方，时常路过它。我知道人们住在楼房里，不同的门通往不同的家，它们大差不差，大些小些，拥挤些宽敞些，总有沙发、床榻、饭桌。铁轨和火车从城市中间穿过。吃完晚饭，外公或姨父会带年幼的表妹和我去看火车。警报声响起，隔离铁杆缓慢落下，自行车、摩托车、汽车挤在一处，人在形制不一的金属机械的缝隙中，看更硕大的金属巨兽从远处来，从面前呼啸而过，严密咬住黑亮铁线向远而去。那几趟列车总在晚上七点前后来，它们有恒定的来处与去处，制造出的声响与冲击空气形成风浪的力度也大差不差，近乎恒定。不久后开始上小学，我学会了看时钟。外公指着白墙上的圆钟问，现在几点？长针指向五，短针微微过七，快速回溯前几日被反复讲述的方法，我报出时刻。学会认知时间，仿佛某种成人礼——要为自己的时间，存在于时间中的生命负上责任。该吃饭的时间，该起床的时间，该出门的时间，该入睡的时间。时间从此孤执地向前注泄，手执权杖——不再是混沌的，能够隐身于其中嬉戏的，可逃脱的——所有时刻都有被遵守的原因和意义。时间永远向前，永远有刻度可以度量，是赫拉克利特告诫世人的不能重复踏入的河流，是柏拉图完美的具备永恒秩序的理型世界的影像与摹本。万象运动，存在绵延。所有人被缓慢地、针脚致密地缝合于时间河床。身为女性，这种缝合更显出它不容侵犯的强势。标志青春期起始的红色潮水每隔一段时间笃定地流经体内河道，剥落的血块从河口坚决涌出，漫溢，高歌。时间在身体锚下不可无视的刻度。它虽不如时钟那般精确可控，但这又是另一桩事。

秩序是现代的神，草原是这一切的反面。但出发之前，我对此并无实在的明了。

正式离开上海是九月初，季节鲜明的北方以北已经入秋，要穿毛衣外套。行李箱里装满冬天衣物，被褥被提前寄往村子。但上海还是夏末，我和朋友们穿着短袖长裙在喵和呱开的咖啡馆见面道别，摘去口罩，相互拥抱。

咖啡馆的名字叫浮岛，标志是喵设计的一座小山。喵送了我一本本子做礼物，是我们一同去看的戏剧《法尔度的故事》的周边，改编自黑塞童话。这个故事里也有一座山。法尔度小镇有天来了一位神秘人，他能满足所有人的愿望。小镇居民纷纷许愿，想要一头漂亮长发、要美丽房子、要很多很多钱，皆一一得到满足。最后许愿的人说，希望自己变成一座山。千百年后，小镇居民无论曾许下什么愿望，都已烟消云散，唯有山仍立在那里，久远到他已忘记自己如何变成了一座山。有天山听到自己作为人时熟悉的音乐，才想起变成山的缘由。这时神秘人出现，允他再许一个愿。愿望说出后，山体崩塌，海水漫溢，小镇彻底消失。

山最后的愿望是自由。

在朋友们看来，我把自己的生活像山一样自行解体，也指向某种可称为自由的东西。我替他们离开被围困的无能为力。

但那个告别的下午我没心思去想什么自由,也无法注视朋友泛红的眼睛。大部分时间我都在焦急地盯着手机屏幕,给航空公司打很多轮电话,企图找到从上海前往海拉尔的最佳交通方案。彼时仍有严格的出行管控政策,并且必须在某个城市中转。原本预订的航班临行前被取消,换另一座中转城市再订,第二天又被取消,接连三天都是如此。就在已经开始怀疑是否非走不可时,那个下午我孤注一掷地订下价格翻倍的第四张机票。

第二天,航班在突然放晴的台风间隙顺利起飞,中转沈阳,五个小时后抵达海拉尔。落地时已是黄昏,眼目不熟悉的开阔天际,成片积云攫住夕阳余光。连日紧张和旅途奔波让人到了住处倒头就睡。半夜醒来,远处火力发电厂红白环纹的烟囱汩汩冒着白烟,在深蓝色夜空平静而匀速地制造云带。贴着冰凉窗户出神,我也在玻璃上呼出白雾。

短暂停留两天,再离开草原中间的城市。还要三个半小时,从海拉尔到村庄。公路两边的景色渐次变化。先是相对平坦的草原，金色的草甸起伏很缓。有耕地在柔缓坡面，将会种植大片的芥花油菜、小麦。正在被翻掘准备种下冬小麦的黑土。山的线条越来越波动，往更高处交错叠加延伸向远。一卷一卷横卧的圆柱草卷。大片的牛羊，散落的马群。杨树，白桦。几株孤零零地出现。一排。一片。一大片。占满整个山坡西侧的林地。杨树金黄叶片显眼。

汽车后座的行李里有前两天额外购置的生活用品：靴子、身体乳、洗发水、沐浴液、消毒液、湿巾、方便面、八宝粥、拖鞋。好像要长久住下来那样添备物件。我用行动稀释对未知的焦灼，并为自己的焦灼和缺乏经验感到羞愧。

． ． ．

所幸见到马之前，我会先与朋友小鱼会面。距离我们上一次见面过去了六年。

"想去马场住一段时间，采访牧民的生活，写一写他们怎么和马一起生活。"定下行程前，我和小鱼说。采访，更像是让旅行便于理解的借口。

"需要多久？"小鱼问。

"几周？一个月？几个月？"我含糊其辞。

小鱼和先生光哥是经验丰富的旅人。上次见面后，他们开启第二轮环球旅行，后来因为疫情意外地留在恩和住下，和牧民小黑哥一同办骑马学校。我就是这样认识恩和牧民和他们的马。

但初到恩和的几天，住在村里民宿，我没有见到马。只是和牧民们一起吃饭，和小鱼长时间地谈论马。我躲在采访者的身份背后，向小鱼提出一个又一个问题：为什么选择这里定居；为什么钟爱骑马，不知疲倦地骑马？提问，描摹他人的想法、行动，建立可被讲述的叙事框架，是我熟悉的职业模式。

在过往几年的工作中，有时采访对话所抵达的深度，会让人误以为双方是相交多年的挚友。要像爱一个人那样去理解你的采访对象，一位新闻前辈说。我认为对。像爱一个人那样尽力无条件地接纳一个人的感受和动机，试图彻头彻尾地搞清楚一个问题或事件的来龙去脉，真实地、不加评判地去理解一个人或一件事。关系往往结束于工作完成，而我从受访者的讲述中获得的经验，仅仅只足够在脑海建立想象。我在写作中依据想象替别人讲述他们的某段人生碎片，并未真实地经历它。

该干点什么，该干点什么。我下意识躲在形成惯性的"应该"背后，似乎这样就不需要面对自己无法清晰说出为什么会出现在这里的虚无。该怎么解释呢？离开城市，来到城市生活的反面——旷野中的牧民生活。我天真地想，在看似自由，也意味着极度动荡的生活之中——如果真的存在所谓确凿不移的东西，真正可以仰仗相信，真正抓得牢靠得住的东西——在这样的地方也可以存在的确凿的东西，才是真实的，经得起冲刷的吧，我想。如果真的有，该怎么解释呢，我来找一些东西：那个东西长什么样子，在哪里？你要如何找，又要如何识别那就是你要找的那个东西？我不知道。没办法向自己或向任何人回答这些问题。我恐惧被人评判。你看，她不知道自己在做什么，无非是又一个逃避现实、对远方存有幻想、为荒野附着滤镜、沉于自我感动的人。我不能用言语证明自己不是。如果是又怎么样？想找一些真正确凿不移的东西，尽管还说不出那究竟是什么。

要到后来我才会知道，我永远无法通过别人的讲述来找到它，只能自己用身体去真正地经验它，而不是想象它。在那之前，我绝不可能真正说出它。

我和小鱼在民宿木屋的二层交谈，喝草原某种植物晒干制成的茶，暖炉在腿边散发热气。我在脑海中用想象还原草原生活的可能形态，那是属于小鱼的她和牧民与马共同建构的经验：一场在山坡上进行的老马的葬礼。一匹春天产下幼马没多久的母马突然抽搐倒地，牧民们和兽医围着它，终归回天乏术。不知如何表达悲伤的牧民气得踢了母马一脚，小鱼跪在地上抱着母马的头，安抚它。

小鱼的眉眼有英气，但在谈及马时变得柔和。我听见她的言语，说坐在马上常觉得好像自己的腿长到了马腿上,马蹄踩着树叶,就好像她也碰到了树叶。感觉时间凝固了,整个世界只剩下穿过树林的风声和来自马身体的温度。我们的言语好像也在马背上轻轻摇晃。

然后我想,我首先得学习骑马。

马马马马马

骑马日记
2022 年 9 月 10 日

　　第一次坐在马背上，浑身僵硬，腿都不知道该怎么放好。对我而言，马的一切行为都是陌生的，完全不知道意味着什么。会本能地害怕。马像人类一样擤鼻子，发出呼噜噜的声响，害怕。马不肯往外走，钻回围栏，我不知道怎么控制方向让它掉头，害怕。缰绳不知道该拉到什么样的长度，手不知道该放哪，害怕。马走得太快，一头撞上前方马的屁股，害怕。马突然发出长啸嘶鸣，是要生气的意思吗？害怕。路过一片树林，马歪头去扯树叶吃，害怕。慢慢走着走着，马突然小跑了起来，本就全身紧张的我被不停抛起来，害怕。全程只有紧张，随时有掌握不了平衡就掉下去的害怕。

骑马日记

2022 年 9 月 11 日

"踢马肚子!"
"用两个脚跟踢马肚子!"
"一边踢一边发'驾'的声音!"
这些看起来很好操作的建议,我全部难以执行。
马对它背上是一个什么样的人心知肚明。

骑马日记

2022 年 9 月 12 日

回程路上,"白头心"跨过一道小沟时突然一脚踩空,整匹马往左错了一大步,我的身体也往左猛地一歪,半个身子掉了下去。眼前所有画面都变成了慢动作,我看到缰绳在以很慢的速度飞起来,听到有人在身后喊,声音模糊。

骑马日记

2022 年 9 月 14 日

听说前两天骑的小青龙受了伤,但昨天一直没在马场看到它。早上到马场时,一眼就看到了小青龙,靠近马鞍前部的背脊处,有一块两根手指长宽的破口,露出鲜红的肉,在青白的皮肤上格外扎眼。是我造成的吗?这么深的伤口之前没有被发现吗?又或者之前没伤,是我糟糕的骑术导致小青龙受伤?一边想一边在山坡上呜呜哭。

"骑马三四天就能会?学的都是什么玩意!"三哥垮着身子坐在马上,对右侧全神贯注小心骑马的我说,颇不屑。

用几天时间和小黑哥学完骑马,我跟着三哥去赶马,小黑哥让我给他打下手。被指派这样一个跟班,难怪三哥不乐意。

三哥也是恩和牧民,平日在小黑哥的马场工作,也替人看管马群。他离了两次婚,和同一个女人,不怎么笑,也不怎么和人搭话。骑马时坐姿松散,却总骑最烈的马,马嘴勒出血还不老实。看起来很不好惹。

"就得什么马都能骑,怎么都能骑!瞅瞅才几天,就觉得自己会了?给你自己放野外能骑吗?"三哥对我这样的城里人大概积攒了很久的不屑。唯唯诺诺点头，我努力跟上他的马。"你看，得给马信号，让它慢走就慢走，颠步就颠步，跑就跑。"三哥演示如何精确控制马，感受缰绳力道的细微差别。但我愚钝，不得要领，马根本不听。

要赶的马群就在前方，即将穿过剪得只剩平茬的麦地，三哥放弃教学，悠绳催马，甩下我。

恩和村庄很小，在村里往任何方向走，十分钟后就会身处草原。而只要在草原里走过，自然会意识到骑马是必须习得的技能。角度很大的山坡、会整只脚陷进去的泥泞湿地、需要涉水而过的溪流，机械难以应对所有复杂环境，但马可以。它们能辨识方向，知道如何避开险境，能够轻松涉水，下山上坡。自然之中也处处都有它们的食物。比起任何一种车辆，马能让人抵达更多仅凭腿脚无法抵达的地方。

为了和马尽可能多待，我几乎每天都去马场，和牧民们学习如何照顾马。用钢梳给马刷毛，顺着马身从前往后捋，干结的灰尘在空中扬起。用手抚摸马的身体，从脖子到肩膀，健康的马毛发油亮，摸起来平顺而热。

但这只是看似平和的开头。铁制马鞍沉,刚开始我一人完全无力将马鞍从平地放到马背上。做大部分事情都需要力气,这让一个只务脑力的人显得尤其笨拙。往往马师们备好了两三匹马,我还在与第一匹较劲:总是不能顺利把那根看起来只是一根铁棍的马嚼子塞进马嘴。它紧咬牙关,不肯开口,头再一仰,我连马脸都够不到。拽着牵马绳把头往下拉,马嚼子往前一凑它又抬头。手忙脚乱,徒劳无功。活干到最后,我往往只剩把马师们备好的马牵到拴马桩去系好这一件事可做。

"不能打死结,要打专门的拴马结,有紧急情况一扯就开。"宝哥教我许多遍,但我仍过几日就忘,气恼地打上普通绳结,被三哥拍着栏杆骂。

套上全套马具,大部分马默认无法逃脱命运,顺从地候成一排。

小黑哥的马场在旅游季节做游客生意。一匹马每天的工作重复,就是载着游客走。爬山,过草原,蹚溪流,穿白桦林。慢走,颠步小跑,很少大步奔跑。游客多的时候，马几乎不休息，一趟接一趟地走。一日结束，卸掉马鞍，沾满唾液的铁棍从口中退出，摘下笼头，身上再没束缚它的东西，马扭头就跑。等所有马都卸除马具，马师们把马赶到附近草场休息。等待重复的第二日。

小鱼和我提起的马的葬礼，就发生在夏天旅游旺季的一日。

葬礼主角叫大S，小黑哥最早拥有的马之一，为马场工作了十几年，脾性温顺，适合几乎所有类型的游客，包括老人孩子。被一个大型动物承托，一开始并不那么愉快，但大S是一匹不会让牧民和游客担心的马，稳重、不出差错。结果它突然死了。一个清晨，死在山坡上。重复了十几年，西西弗斯般无止境地驮运人类工作，突然被死亡中止。

中止于第二日的驮运人类工作开始之前。

小黑哥查验追溯大S的死亡原因，最有可能的是消化不良。旺季马匹辛苦，消瘦得快，靠休息时进食的自然鲜草不够，需要牧民不时额外添加饲料，补充体能。大S死前一晚，小黑哥给马群添喂了谷物。没人留意到大S吃了多少。那天晚上吃得痛快的大S在想些什么？如果它会想些什么的话。这加餐真正好吃，多吃些，再多吃些。咀嚼，吞咽，咀嚼，吞咽。啊，真正好吃。

谷物从它漂亮的脖颈滑入胃里越积越多。然后它死了。

料不到大S这样死了，明明头天还好好的。它是伙伴，不是牲畜，小黑哥和小鱼难过，想葬了它。但哪有这样的事，马活着卖劳力，死了仍能勉强卖肉，横竖都是钱。刚死的马立刻割喉放血，卖给马肉贩子，一匹成年马出肉多，至少卖个几千元。

别的牧民骂小黑哥傻。可以卖肉不卖，非要挖坑葬，当马是人吗？那么费劲，要找拖车拖马，要找挖掘机挖沟。麻烦死了！马场等待骑马的游客乌泱泱，忙不迭，还有闲工夫葬马？放着送上门的钱不赚要葬马。一个畜生，死就死了。要葬你葬，我们不帮忙。

小黑哥挣扎。

"你就说卖不卖吧，我给你找人。说卖我就能给你找着人。"一位马师讲。

小黑哥没出声，默许提议。

马师打电话找来马肉贩子。马肉贩子站在草坡上，要剖开马肚子，看内脏还好不好。"要拿走就整匹马拿走！"小黑哥说。在山坡上剖开马肚子算怎么回事？鼓胀的肚子被划开，肠肝胃和着血，哗啦流一地。前一夜顺着漂亮脖颈吞入的也许未完全成糜的谷物也滑落一地。已经这样死了，还要被糟蹋得这样难看。

马肉贩子转头走掉。

大S最终的命运还是回到下葬。没几匹马的终局是入土。

拖车把大S带到一处坑地，是马师们每天带客人骑马时都会经过的地方。大S也熟悉。手边只有塑料布，便用塑料布蒙住马头，身子露在外面。人哭，拴在近处的另一匹马别过头。它来马场的年头长，和大S相识最久。相较之下，另一匹新来的马在旁，冷静得多。

挖掘机挖了深坑，大S葬入。人把花束放在旁侧。

· · ' ·

马，漂亮动物。脖颈修长，皮毛光滑，肌肉线条紧实。山峦一般的脊背，从毛茸茸的耳朵往下，鬃毛顺着脖颈朝一个方向倒伏，植物种子黏杂其中。腰像水流向下弯淌，又顺着臀部顺滑地接至后腿，尾鬃垂坠。它们安静站立，与鬃毛颜色相近的睫毛卷曲，眼睛像泉。

我喜欢在所有游客离开的黄昏，趴在木栏上看马。马在围栏中，缓步，吃草。天光将暗未暗，温和的混沌。一切尚未开始，一切全部止息，一切没有目的。庞大的安静。

三位游客预约晨牧，六点抵达马场。天刚刚亮。没什么人在这个时点起得来，更少人知道这个时点骑马的妙处。备好马，小黑哥和我骑马带人上山。大地的寒意在秋天清晨无声息地冻住水汽。马走到山坡上，熹微日光照出凝结于草茎的冰晶，银光一片。不是露水，是更多被留驻的细小的剔透的晶石般的冰粒，毫无保留地折射所有穿过它们的金色光线。近处的，远处的，从任意一处回应视线，安静又热烈。马蹄踏上，发出轻微的碎裂声音。马载着我们在缓坡上跑，身体随之腾跃，向山顶，向更宽阔的落星田野。"真美啊。"所有人忍不住轻声感叹，发怔。河流结了冰，但不坚实。三哥骑马到前面去，嗒嗒把冰踩碎。跟在后面的马从破口过河，又回身在袒露的河面饮水。

细微声响在庞大的安静中清晰迸现，又急速消逝。

相较而言，人太吵闹了。十一国庆假期，马场客人太多忙不过来，小黑哥请我帮忙照看生意。每天的帮工都让人生气：有人挑剔马不够高，马的毛色不够好看；有人显出自己很会骑马的架势，不顾牧民的安全提醒非要展示骑术，催马在不适合的地形快跑；有人带着几个月大的孩子出行，却只顾自己上马拍照，一路把照看幼儿的责任丢给导游，惹得导游私下里连连诉苦；有人说话极没礼貌，开口问询就是贬损和脏话。人的声音吵闹，欲念吵闹。每日结束我都义愤填膺地与小黑哥痛诉，他只呵呵乐，宽慰我不要往心里去。所幸气没生几天，马场就迎来假期。

呼伦贝尔的旅游季节始于五月，终于十月。每年十一国庆假期结束，餐厅民宿就纷纷关停。做季节生意的商人去往下一个目的地，村民则回到在城里买的楼房过冬。那里有集中供暖，不需要自己烧火，也不必在零下几十度的户外涉雪去上厕所。在这里，一年有超过一半的时间是漫长假期。马也一样拥有漫长假期，出于人工饲养的成本考虑，它们会在旅游季结束后被放归野外。本地马比牛羊更有独立生存能力，能够适应零下四五十度的极寒，自己能刨开雪找草吃，找避风的林地躲藏。除非需要特别照顾的马匹才会单独带回村里马圈喂养，比如生病的马，比如落单的马。

十一国庆假期结束后的第一天，马场热闹得像过年。放马归山之前有太多工作要完成，打驱虫针，给马卸掉铁掌，以防它们在雪地打滑。马挨个被牵出来，一人抱起马腿，一人拿扳手撬开马蹄底部钉在角质层上的U形铁掌。但大部分马不愿配合，前蹄铁掌拔得不顺意，抬起上半身作势要用另一只蹄踢人。许多马师与抬着一条腿的马转圈拔河。

撒开！最后步骤。马们成群奔向出口，一会儿就没影了。

"马不会满山乱跑吗？找不到了怎么办？"我问小黑哥，很是担心。在马场我常展露不合时宜的慌张。有天马场门没关牢，两匹马跑了，沿着河边往下游去。我吓坏了，骑马去找正在接待游客的马师，大声通报："两匹马跑了！一匹黑马，一匹花马，在河边！"马师不咸不淡地回应："没事丢不了。"小黑哥也一样。"能跑哪去？"他反问我。

第二天，小黑哥让我和他一同去找马。马场有四十多匹马，归山后自然分群，四五匹或八九匹一群，自己找有水源有草的避风地方待。马撒出去之前，小黑哥根据往年马群分帮经验，给其中几匹领头马挂上GPS定位器，可以在手机上跟踪它们的轨迹。不过也有风险，万一马在地上打滚时把定位器蹭脱，或定位器没电关机，马跑到没信号的区域，人就无法通过这唯一的技术手段获知任何关于马的消息。

开车从恩和出发，我们依循 GPS 定位器的大致位置，向南经过朝阳、向阳，在向阳再往南的地方找到跑得最远的小紫马。小黑哥对小紫马的表现很满意，撒出去第一天它就领着另外三匹马来到往年地点。这个组合接连几年都在一起。往回开，跑得第二远的马群有十匹，领头的叫丞相，长得稳重。这群马从小一起长大，跑不丢。接着，在路边看到小零号和小六六。小六六是在向阳长大的马，春天才来马场，大概是想家了，带着小零号往向阳跑。小黑哥开车把两匹马往恩和方向赶，试图赶进最近的马群。那群马里有大脖、拿铁、大 A（后来发现其实应该是小 A）、小七哥、黑花、赛巴、老丁、牵引（因为这匹马怎么都骑不出去，需要牵着，不愿意走，连小黑哥都只骑出去过两次，一次骑了半小时）。

我在粗糙得只有一条斜线表示公路走向的笔

记本上，一边听小黑哥念，一边歪歪扭扭地认真记下。只是区别在于，小黑哥看着马认得出谁是谁，我只能听声写下名字。

"看，那边有小青龙。"车开到朝阳附近，小黑哥指着远处模糊的马群说。

"噢，我看到了！"我指着那团最大的白影。

"那是大白。"大白是来马场年头最长的白马，为马敦厚。

三个多小时过去，四十多匹马都有着落，唯有秃耳朵不见踪影。

•﹒•﹒

虽然马在山里可以照料自己，但牧民仍要时时查看。两三天进一次山，每次大半天，看每个小马群的成员有无变化：是不是胖了，精神状况如何，有没有受伤生病，等等。虽然马在野外生活省了草料钱，但交换的是进山辗转找马的辛苦和汽车油钱。以及，马会随时移动的不确定性。

后来每次跟小黑哥开车进山找马，我都晕头转向。也无数次想象，如果拥有这些马的人是我，会触发焦虑症状的事情将有千百件。不认路，刚出村口大概率就迷路。没信号，无导航，叫天不应叫地不灵。一个GPS定位器价格不低，四十多匹马只有十匹有资格戴上，人只能祈祷有定位器的小马群不要再分开，但总有没戴定位器的马为自己另觅宝地。茫茫野外，要如何知道脱离掌控的马在哪？它们会不会翻山越岭跑出恩和？它们可能分散在一千多平方公里内的任何地方，而地貌并非一马平川，有森林、山沟、湿地。远离公路和麦地的大部分地方，汽车、摩托车、拖拉机都难以通行，就算牧民想地毯式搜索，条件也不允许。

"那就等马自己跑出来，总会出来的。"应答我的诸多问题时，小黑哥淡淡吐出一些话。啊，就这样简单吗？想再追问又觉多余。他不看我，专注地在荒野里搜寻马群。而当他说有马时，我要贴着玻璃认真看上好一会儿，才辨出几公里外有活物。每每这种时候，我都感到无力。草原上的我毫无生存能力，能看懂手机上的 GPS 定位图，但无法将屏幕里的画面与眼前的现实图景对应。

是秃耳朵让我更接近现实图景。

要把秃耳朵抓回来的那个看马日，还有另两匹马需要带回。它们在更早前被放归山，仍然瘦得显出肋骨，再不介入恐怕撑不过冬。我们在大桥边遇到那两匹瘦马，给它们戴上笼头控住，其中一匹被来帮忙的牧民用皮卡带回村里，另一匹由我坐在汽车后座牵绳，让它跟着跑。瘦马温顺，一路在车侧小跑，偶尔探进后车窗里嗅。真可爱啊。很难不对马生出类似对待宠物的怜爱，幻想它懂得人想救它，因而友善地配合。它的眼神那么顺柔。

运完两匹瘦马回村，就轮到秃耳朵。

抓它颇费功夫，没了马场围栏，任何方向都是它可以逃脱掌控的道路。最后逼到草丛里，小黑哥从后方偷袭把它抓住。照例由我拿着牵马绳回到后座。

秃耳朵站在距离车尾几米处，粗糙麻绳顺着车窗边缘折进来，我一边抓紧绳子，一边想掏出手套戴上。一切都很正常，和牵引上一匹马时没什么不同。一会儿车将启动往前，马感到牵引就会自然跟上，半个小时就能回到村里。一个小时前同样的事情发生过，一切都很正常。我在后座上已经坐好，小黑哥开门坐进驾驶座。一切都很正常。车启动了。巨大的力挤碾下来，麻绳狠狠刮擦过没来得及戴上手套的两只手掌。虎口、中指和无名指手指的指腹赫然出现深深创口，皮肉掀翻，血涌出来。痛得我大叫出声，却仍抓着绳子没放手。

往后看，秃耳朵仰头抻紧麻绳，犟着脖子一点没动。

所幸只是皮外伤，消毒杀菌，不久后伤口结痂愈合，被削掉的肉重新长回。但其他马师得知我的受伤原因，十分错愕。"你和马犟什么？拉不住就该立刻放手。马跑让它跑，再追回来就是，人怎么较劲较得过马？再厉害的人也不敢和马对扯，还是你厉害。"他们戏谑地对我竖起拇指。

你无法控制所有事，在草原上。打交道的对象不是冰冷的机器、制度和系统，是活生生的大型动物，有独立意志，也有的是力气。于是秃耳朵给我留下了一些伤口。

· · ·

手伤痊愈，我又和小黑哥去找马，要去的地方在山里，得骑马。小黑哥特地把秃耳朵拉出来，要它"将功补过"。

小黑哥骑秃耳朵，我骑小花，一匹长着棕白色块的马。小花性子急，喜欢快跑，不能接受掉在秃耳朵后面。"拉紧缰绳！它跑起来你可拉不停！"小黑哥叮嘱。我不敢大意，紧紧勒住缰绳，把小花勒得直咧嘴，脑袋偏向一边露出发黄牙齿。

它对与秃耳朵并排走也很不乐意。

十月下旬，气温掉至零度，水面开始结冰。我们穿过湿地到一条小溪旁，小花在溪边没冻实的泥地里踉跄。停下马，决定人先过溪，再把马牵过去。溪面很窄，猛跳一步也许勉强能过，但两侧泥地滑，还是小心点好。冰面看上去冻得很实，应该可以借个力吧。我慎重地探了探,左脚先踩上去,没反应,右脚再跟上来。正要再迈一步跨过去——

冰面轰然崩解。

毫无预兆。虽然我快速拔腿跨到对岸,冰水仍不客气地沿着棉鞋敞口倒灌进来。迅速急切,蓬松柔软的棉绒变得湿沉,鞋边还挂着从破裂冰面带出的冰碴。两只脚在棉靴里踮起,放下,踮起,放下,棉绒里的水被吸收,挤出,吸收,挤出。我在小溪这头发愣,小黑哥在对岸叹气,不明白为什么我如此没有常识,不懂得深秋初冬的冰面不能信任。

"唉,城里人。"他犹豫半天,冒出一句。

被我踏出大洞的冰面仍旧要过,没有别的路,往前就是干燥平坦的草甸,回程可以绕远避开大片湿地和小溪。但眼下最重要的是让两匹马过河。小花凑近小心试探,但秃耳朵却直往后退。

"走啊!怕什么!这点冰能摔死是怎的!"小黑哥训斥秃耳朵,它仍旧不动。熟悉的一幕重演。

又是绑绳。小黑哥把秃耳朵的牵马绳绑在小花尾巴上,希望借小花的力把秃耳朵带过去。我在小溪这一头轻轻给力拽小花,它立刻迈步踩进溪里,没有犹豫。但咔嚓!小花没料到后面还有股力在拉扯,在小溪正中间摔了下去,砸碎一大块冰面。秃耳朵不动。小花站起来挣扎,咔嚓!又拍在水里,整个肚子贴着污黑泥地。咔嚓!咔嚓!咔嚓!咔嚓!两匹拴在一起的马相互牵制扭成一团,人根本来不及看清发生了什么,只觉眼前一团纷乱。一切太快。等画面安静下来,两匹马都跪在小溪和泥地里不再动弹。

小花累得呼吸粗重,但大半个身子已挪到靠近我的小溪这侧。秃耳朵虽百般不愿,还是往前挪了些。马师们说得没错,连体形和重量相似的一匹马都无法与另一匹马抗衡,几周前的我仅是手掌擦伤,很幸运了。

"继续拽!往旁边拽!"小黑哥冲我大喊。努力再把小花往右侧拉,让它借力站起来,两只前蹄踩上岸边泥地。泥地比水里好使劲,它往前,把因为前蹄踩进水里阻力变小的秃耳朵猛地向前拉,最后一下,秃耳朵才不情不愿地蹚过冰面被混乱全部砸开的小溪。

我和两匹马终于都站在小溪这边,下半身湿漉漉,面面相觑。

穿过小溪和湿地,路变得好走,秃耳朵完全忘记刚才的不快,重新变得欢脱起来。在烈风里跑,好像在穿过什么有形状的东西,稍微侧头避开耳朵两侧风的屏障,才能听得到旁人说什么。路过一群羊,羊倌和我们搭话:"瞅这天热的,马都跑出汗了。"

但马腿上的泥暴露一切。

•••

和牧民待在一起,耳朵里灌进最多的字音就是——马。吃饭时无论喝没喝酒,聊的是马(酒后聊得会更大声些)。吃完饭打开手机刷短视频,看的是马。其他牧民来家里串门,喝茶聊天,说的还是马。现在养的马,过去养的马,未来想养的马。马马马马马马马马。马几乎占据一名养马牧民生活的全部。马是工作伙伴,是家人,是资产,是钟情的对象。

牧民往往带着感情谈论马。

一日二哥给小黑哥打电话,说新买了一匹种公马,请他去家里欣赏。我跟着去。

黑色马驹站在屋前院子里,是一匹只有一岁的小公马。牧民习惯算马的虚岁,一岁作两岁,唤作二岁子。这匹黑色小公马要再养三四年,四五岁才能成为一匹真正的能承担繁育漂亮后代职责的种公马。

"行吗,这马?"二哥不多话,看小黑哥围着马转,等待他的评价。

"行!挺好,"小黑哥应,"就是屁股有点不够理想。如果这尾巴起得再上一点,就更好了。"

"嗯是,就是这屁股……再往上点就好了。"二哥嘴上附和,眼里掩不住对马的欢喜,连说缺憾都忍不住咧嘴。屁股不够理想,微不足道的缺憾。

某日杀羊,铁柱哥说起很久之前的一匹烈马。有次拉爬犁,爬犁上载着两个人、三个装满物什的大木头箱,沉得一般马都拉得费劲,但那马就是搂

（快跑）啊！往雪深的地方赶，结果还在雪里搂。铁柱说得眉眼飞舞。

村里养马年头最长的老高听说有烈马，要来试试。"什么马烈？我骑！"老高帽子戴好，衣服穿好，上了马就开腿搂。等晚上回来，老高手里拿着帽子，衣服前襟敞开，全身装束走了样。铁柱问："马怎么样？"老高回："这哪是马，这是龙！"铁柱一定不止一次讲过这匹烈马，并在每次念及时感到得意。他拥有过一匹连恩和最有资历的牧民都差点没制服的烈马。

老高六十九岁，从小骑马，二十多岁开始自己养马，养了四十多年。他常到三哥家里坐，要是赶上饭点，就顺势喝杯酒，吃口饭。照例还是聊马。有天在三哥家吃着饺子，老高来了，坐下就说有匹马晚上硬拱铁门，一根铁棍从脖子插进去，整根穿透，还好没扎到主动脉。他把铁棍揪出，给马打了盒破伤风针。三天后，伤口仍然流脓，但有愈合迹象。"能挺过一星期就是能活，"老高倚着桌子说，"但万一感染破伤风可就没救了，眼珠子会掉出来，啧，很惨。"说完大马的事,老高又张罗着要给小马断奶。

"养不动了!眼神不好,是牛是马都看不出来了。"老高嘴上说要把马都卖了,但又添了钱加铁围栏、建马圈。一匹小马驹能卖五千元左右。如果马的品种好、身形漂亮,甚至有当种公马的潜质,能卖八千元。买马一般为了用,拉货,搞旅游。老高说,养马的人大多不忍把马当肉卖,既卖不上价,也不舍得。

但不久之后老高还是杀了两匹马,卖肉。受了伤救不活,干脆提前结束性命,省得马受苦。同村牧民们多少买回点,帮衬弥补损失。小黑哥拎着老高的马肉回来,嫂子做了马肉包子。我起初不忍心,最后还是随着吃了。肉的纤维很粗,像牛。

• • ' •

两匹瘦马被卖掉了。它们十四五岁,相当于人类年龄的五十多岁,瘦得薄皮贴骨。没有挣扎,顺从地走进货车后厢,站稳,眼神低垂,通过铁栏缝隙望向外面。两个小时之前，同一车厢运来的是七匹新买的马，其中有四匹两岁小马，尚未成年。初来乍到的新马，年轻，眼神里满是好奇。

"这两匹瘦马会去哪里？"我问。

"先去马贩子的马圈，育肥，再拉到河北，卖掉。"收马大哥嘟嘟囔囔地压价，抱怨，"这马到了河北，加上油费，本钱都赚不回来。"

货车开走时，与两匹瘦马在马圈生活过一段时间的另一匹马，冲着货车方向长啸，嘶鸣。

购入新马、卖掉瘦马是在秋天，或者初冬，一年之中最后适宜买卖动物的时机。哪些马过冬没问题，哪些马体弱很是危险，大多都有征兆。做决定要快，否则无论好坏都要熬到来年开春，将近半年的冬天太长，变数太多。

常来恩和的马贩大哥住在车程两小时之外的额尔古纳，小黑哥和三哥要去看马，一路说的仍是马。

"我还真是有点败家，赶上马贵的时候买马，牛贱的时候卖牛。"

"骒马（母马）驹子好，二马蛋子（公马）驹子都不行。你看我们那俩骒马驹子，憨实，屁股也好看。"

"那个青的，白鼻梁那个，你猜多少？一万九。但那马驹子就是不让抓。"

"扯淡，还有抓不上的？"

"小驹子可贱巴了，会钻会爬，就是这么禽蛋。马哪有会钻的？"

"那二马子（公马）也没啥尿，在骒马群里耀武扬威的，就是骒马给它脸。"

"五六岁的马千万别买，五六岁的好马太少。"

到地方了，圈里没马。马倌赶着七匹马去吃草，还没回来。

进屋喝茶，等马倌。过了会儿，一身黑色棉衣棉裤的马倌骑着一匹花马把马们赶回来，四匹两岁左右的小马，一匹母马带着女儿。马在圈里继续吃草料，人在围栏外面看，挑着要买哪匹马。大母马臀部有烙印，数字"38"。

"这马，有尿。有一年脚挂围栏上，长蛆，路都走不了。上高锰酸钾，最后好了。"贩马大哥老婆说。

"尿"用来形容胆量。

差点找不着道儿。

"你尿呢?"

路过一个水坑,水漫到路面上结冰。

"这摊水挺尿性啊,冬天就是一片大冰刀。"

贩马大哥老婆喜欢有尿的38号,马倌也喜欢。看马时,马倌留在屋里休息,没跟着出来。"不能让他知道要卖马,"贩马大哥的老婆悄声说,"上回有养马朋友来看马,连门都没让进,愣是在门口给骂走了。回头人说,你们这马倌挺厉害啊,嗷一嗓子就能把人吓一跳。"

"这马倌……"贩马大哥回头看了眼平房,门关好了,然后指了指脑袋,示意马倌有点毛病。证据是马倌喜欢半夜出去和马唠嗑,他就喜欢38号和它三岁的女儿。

"也不知道都和马唠些啥,神神叨叨。"贩马大哥老婆补上,撇撇嘴。

"就好马。"贩马大哥说。

"还好酒！给我惹多少事儿了。有酒就能喝死。可有招了，藏酒那地儿锁上了，他还能拿针管抽酒。那会我还奇怪呢，没给他酒怎么还每天醉醺醺的？有酒他能给自己整死。"贩马大哥老婆再补充。

马倌跟着贩马大哥好多年，工作就是照看马。看着自己照看的马被买卖，马离开，新的马来，又离开。他无权决定马的买卖，但会在半夜与马说话。

没人晓得他都说了些什么。

"把38号母女和那四匹二岁子都拿走，把那花马留给他，都卖怕他急了。"贩马大哥说。但最后所有马都被卖掉。38号母女，四匹二岁子，还有马倌骑的花马。

几天之后，七匹马乘着卡车来恩和。两匹瘦马乘同一辆车被带走。

马倌不能再和38号说话。

说些什么？到底会说些什么？我止不住总想。他没有什么想和人讲的话，话都留给马。想象他隔着玻璃杯往窗户外面看马。杯里透明的酒液晃动，晃得马的身形虚浮。想象他给38号起过新的名字，想象他想象自己其实才是群马之主,院落就是他的庄园。头顶星月,只有他与马。

  想象他与马讲不敢同人讲的话,喝了酒,词句在心里打转。酒喝得愈多,词句在内里冲撞的力度愈大。盘旋,穿梭,漫到喉头上颚。满到盛不下,它们同胃里的酒羹一同涌出,离开身体。而后看见马身轻微晃动,稍稍离地,再离地,马在空中跃。星辰飞转。

北境冬天

那个冬天有些反常。

北纬 51°的地方，十月仍不冷，还能看到秋景，雪下了两场就化，只有山脊落白。到十月最后一天大雪才正式降下，两天积了十来厘米，一脚下去雪没过脚踝。雪刚刚下起来，有冬天的意思，又不至于冻得不想出门，村里好几户人家像说好了，都在院子里架锅宰羊。

每年冬天开始前，像恩和这样的北方会提前囤积食物。蔬菜是更早一些存好。几乎每家都有地窖，存放土豆，留够能吃到来年春天的量。屋里气温不高的地方，用来存放卷心菜、大白菜和萝卜。不方便保鲜的，比如自家种的豆角，焯水冷冻，做炖菜时放。

当然还有肉。夏天自家养的鸡,一并宰好褪毛,户外雪地是天然冰箱,保鲜时间至少持续到明年三月。牛羊肉稍微方便些,除了向养牛羊的牧民直接购买,自行屠宰,还可以到附近的三河回族乡、额尔古纳市的肉铺买。但单独买肉,不如直接买下整头动物来得划算。

十一月初,二哥决定买只猪。

黑猪。农场在村子附近,除了猪还有牛羊,按类养在不同棚舍,猪舍在羊舍后面。一年左右的黑猪长到两百多斤,可以卖了。待出售的黑猪两两住在单独的铁围栏,年纪还小的,七八头在一个围栏。猪对自己的命运有感知。铁门打开,五六个男人进来,手里拿着围成圈的铁线,挨个围栏看,要选出最大的那头。选定,人跳进围栏,把猪逼到角落,用铁线拴住头。挣脱,失败。再逼至围栏边缘,再套,收紧。

"他妈的,跑哪儿去。"人边骂边拽手里的线,猪不肯就范。

围栏门打开。另一头没被选中的黑猪突然躁

动，率先冲了出去，突破人墙，跑到两侧都是同类的走道尽头，站定。黑猪受了惊吓，本来套好的铁线又挣松了。人急，一人拽着猪尾巴，一人套着猪头把它拖出来，侧身放倒在地，人骑在猪身上，用绳把前腿后腿捆住。实在没有跑的可能了，黑猪发出穿透整座猪舍的尖利号叫，一声接一声，叫得嗓音嘶哑，口水滴到泥地上。

三人合力，捆住四肢的黑猪被丢到皮卡车的露天后厢。等在门口的另几个人挤进屋里，终于轮到他们挑选。

宰杀定在第二天一早，黑猪在二哥家后院的木围栏里过了一夜，露天，蹄下是雪。"给它放些干草垫着吧，冻脚。"有人提议。人道主义，怕猪冻脚。从温暖猪舍到雪地，黑猪冷得浑身打颤。两百三十斤，宰杀之前，黑猪被拎着称了称。

乡下宰猪宰羊，一半是干活，一半是社交，找由头招呼关系近的朋友吃一顿，喝点酒。于是第二天来了五个人，铁柱哥、小黑哥、宝哥、四哥、建耀哥。铁柱带来家里有六七十年历史的厚底大铁锅。

"现在哪都找不着这样的锅了！"铁柱很得意。

铁锅架在油桶上，烧水，褪毛清洗用，雪地里蒸出源源不绝的"白烟"。黑猪仰身躺在铁皮板上，颈部、白色肚皮，最柔软最脆弱的地方暴露出来，嘴被麻绳捆住，以防放血时口水流到猪血里。

黑猪仍在号叫。

二哥拿着刀有些犹豫，不停比画，不确定该从哪下手。终于尖刃完全没进颈部，只剩刀柄，血在刀拔出的瞬间涌出来。黑猪没有立刻死去，仍在小幅挣扎。越挣扎，血涌出的速度越快。涌出的血被小心接着，混入黑褐色的荞麦面糊，晚些时候会被制成血肠。

杀猪比杀羊要复杂些。羊直接去皮，顺着皮肉之间的筋膜剥开取肉。但猪皮要留，便多了道烫拔猪毛的程序。从铁锅里舀水浇在皮毛上，把毛孔烫开，人用手揪，能揪下毛算烫好，再用刮板顺着一个方向刮下猪毛，直至黑猪的白皮完全裸露出来。开膛前的最后一道工序，是用红砖再打磨猪皮，去掉残余的细小浮毛。再然后，剖开肚皮，去除内脏，分解成块。

热水融化了黑猪下方的雪，露出原本的泥。男人们干活像小孩过家家，拌嘴，一个人看不上另一个人清理猪毛的方式和速度，又不肯上手。最后只剩宝哥摁着红砖在猪皮上蹭刷，一人浇热水，一人捏着猪蹄固定。嚓嚓，嚓嚓，嚓嚓，嚓嚓。细瘦的猪腿前后轻轻弹动。人这样细致地服侍一只动物。

中午，女人做饭，等男人忙完坐下来一起吃杀猪菜。猪肉炖泡发的干菜。再有一些泡发的干菜切碎混入荞麦面糊和猪血，灌进猪小肠。在肠衣上扎孔煮熟，捞出来用蒙古刀切成小段吃。血肠里还搅进许多猪油，用力一咬，滚烫的油脂溅溢。剩下的猪肉摊在地上排酸，随后进入冷柜，成为这个冬天的猪肉库存。

一只黑猪均匀平铺在地上，半个房间鲜红。

॰ ॰ ॰

在恩和吃肉，几乎每顿都会提到肉的来处。这是十月在河边杀的羊,这是那头闪了腰被贱卖的牛,这是夏天买的野山猪,毛太多,直接去了皮。大部分食物知晓来处,吃进身体里时想得到源头。但城市里的人,习惯了不把残忍放在明处。

　　三哥做过厨师,但花哨的厨房技巧在煮羊排时用不上。冷水下羊排煮开,只加葱姜和枸杞酒。中间几次撇去浮沫,半途再加入切成厚块的土豆,小火炖一个小时。整个房子都是羊的乳香,没有一点膻气。半扇羊肋排,两个月前我看着它如何从一只完整的羊身上被分解出来,包装的塑料袋是我亲手扎好的。羊腿、肋排、脊柱、羊尾、内脏。隔着袋子贴触,温热。

　　我没法伪善地表示同情,当小黑哥骑着载货电瓶车运回一头羊。黑色脑袋,白色身子,占满载货电瓶车的整个后盘,四只蹄子被铁丝捆在一起,动弹不得。这只羊以这样的姿态出现,命运早已注定。

　　"一会儿去河边杀羊。"小黑哥和宝哥说,然后去寻宰羊的刀。

　　羊被带到河边,车停在石头浅滩上,电瓶车

后盘只剩一个平板，成为宰羊的台面。等我拎着清洗所需的水壶抵达时，羊头已被割下，抛在靠近河边的石滩。血流尽了。血渗入河滩，散进冰凉河水流向下游。我可以假借害怕离开屠宰现场，只感叹现宰现煮的羊肉香，羊汤鲜美，不知晓或刻意不去在意这肉如何来。但我留在那里看。

一只四岁母羊，因连续生了两个死胎，被判为淘汰羊，以八百元卖出。一只不愿意做妈妈的母羊。牧民不轻易卖母羊，母羊是羊群中占比最大也最重要的类型，主要职责是怀胎生养。羊怀胎比牛马快，四个半月就能生产，牛要九个月，马要十一个月。因此羊群繁殖速度比牛马快得多。每年牧户卖羊，依次卖出公羊（只留下种公羊）、小羊和身体不好的母羊。

一头无法生育的母羊是需要处理的资产。它没有申辩机会。

羊被从肚皮中间剖开一条缝，皮从两边撕开。四条腿的皮不好去，敲断膝盖，沿着膝盖把皮环形割开，蹄子扔掉，皮得以从膝盖断面褪出去。羊屁股被整个丢弃，上面挂满羊粪蛋。

去了皮，羊赤身躺在那，冒着热气。

吃自己亲手宰杀的羊，在我看来比吃经商品流转系统而来的羊肉来得更正义一些。你必须坦荡面对自己想吃肉的欲望，以及因为这股欲望而对一头羊施以暴力、结束其性命、取其血肉的愧疚。你必须接受一个生命部分因你的欲念而逝去。

平静地看刀划开羊肚皮，硕大肠胃被草料消化物填满，泛出青色。

文明生活不需直接面对生死与血浆。超市货架上码着被精心分拣包装的蔬菜和肉，按不同部位分类。永远可以单独买到鸡翅、鸡胸肉、猪蹄、牛腩、羊排，而不是必须购买整只鸡、牛、猪、羊。

植物被如何种下与收割，哪些被抛弃，哪些有幸获得进入下一流通环节的资格。动物，它们吃什么长大，在怎样的环境中生存，被人类如何对待，它们如何被决定是否会被屠宰、被如何屠宰。售卖和购买双方都达成一致，这些信息无需被知晓，最好隐没。它们无用。人只需享受烹饪和饮食的快感，获得经不起推敲的道德上的洁净。

宰羊之后的第一顿午饭,吃手把肉。大块羊肉放在一起,用塑料布卷成圆柱形肉卷,放在冰柜冷冻,吃的时候用切肉机刨成肉卷,涮锅,切成稍厚一些的肉片,烤着炒着吃。剔除大块肉的大骨被扔进锅里,仅加清水炖煮。

骨头上还连着好些肉,盛出来用蒙古刀切着吃,或直接用手抓啃。蘸盐,或韭菜花酱。吃完羊肉,盛一碗米饭,大勺油脂饱满的羊汤浇上做成泡饭,最好再来些切碎的香菜。丰腴,鲜甜。你有理由相信往后来自它身上的每一块肉都不会让人失望。

半扇羊排,三个人吃了两天,一口汤都没剩下。

· · · ·

落下不会再融的雪,气温从零下十几度掉至零下二三十度。越来越冷。

出门必须裹上十几斤重的衣物。

上半身加绒秋衣、两件羊毛毛衣,一件贴身,一件宽松。下半身加绒秋裤、毛裤、加绒外裤。先戴口罩，戴加绒的帽子，再裹围巾，把垂在两侧的护耳塞进厚重的羊毛围巾，口罩一半没在围巾里。穿羽绒服，拉链拉到不能再往上的地方，扣好挡风扣。最后蹬上马皮羊绒靴。三哥告诉我，靴子必须买大两到三码，留出袜子的空间，还要让脚趾能在靴子里自由活动。如果刚好合脚，脚趾和鞋之间没有足够空间，脚很快就会变得冰凉，穿再厚的袜子也没用。我听三哥的，不顾卖家反对，买大了两个码。穿了一段时间，后悔没买大三个码。

最后戴好手套。我总是提醒自己记得，一定戴好手套再开门，一定戴好手套再开门！否则手指会黏在被冻得发白的铁制门把手上。等反应过来时，需要面对两个小时都未必能恢复知觉的麻痛。

每天六七点起床，我从民宿出发，走路穿越整个村庄去三哥家。吃早餐，然后同他们一起去找马，忙和马有关的活。

三哥家在村庄边缘，奶牛小区。奶牛小区为牧户而建，彩钢结构，带可以养牛养马的院子。从位于村庄中心的民宿走过去,远远看到一片扎眼的蓝色彩钢屋顶,和村里的木刻楞形成鲜明对比。彩钢房造价低,实用。三哥那年才买的奶牛小区做新房,和儿子住进去,房子里只用黄色油漆刷了地板,除了必要的餐桌椅子之外空空荡荡。我们笑三哥真正实践"断舍离",屋里没有一样仅有美学价值的物件。不像村里的俄罗斯族人家,餐桌上摆满颜色浓烈装饰繁复的餐具、烛台、纸巾盒、彩蛋形制的牙签盒,他们也喜欢在院子里种花,用摆件装扮窗台。

但那些漂亮院子冬天里几乎都没人住。

我住的民宿是村里唯一一家同时满足冬天营业、室内有可在冬天正常使用的卫生间、能洗热水澡这三个条件的民宿。

不需要等到落雪,九月底十月初的天气就已有可能让水管冻住。厨房、卫生间的水龙头不能正常流出水来,无法洗漱,无法做饭,无法上厕所。内部冻结还有可能撑裂水管。因此游客生意只做到那个时候是有缘由的,再冷下去,看起来像模像样的房子只是一具空壳。

比如"什么时候拧开水龙头都能正常流出水来"这件看起来再简单不过的小事。要让水不冻结，水管温度得保持在零上。在水管壁外围缠上电加热带是方法之一，但缠多少才够平衡几十度的温差？那么冷的户外，万一加热带的某段突然被冻坏失灵，或者电源接触不良……总之，稍有不慎就会陷入无水可用的境地。

当然，即便水管的防冻措施做得足够好，有水可用也建立在房屋温暖的大前提上。水管经流的整个房屋，整个冬天都要足够热，无论是烧柴还是烧煤取暖。但太贵也太麻烦。搬到那家民宿之前，我住在村里另一间宣称要营业整个冬天的民宿。可架不住每间客房每天接近百元的取暖成本（每晚都要起来给锅炉添煤的辛苦忽略不计），老板在十月提前收回豪言，闭门谢客。他们像村里大部分早早离开的民宿老板一样，将暖气片里的水排空，避免结冰损伤水管，锁上大门，去城里住。

而后我搬到后来住的那间民宿。所谓民宿，其实是房东家里的一间卧室，我们共享同一个家庭空间，走出房门就会在客厅打照面。我听得到他们每次亲戚朋友来访的交谈声。

房东采取虽然麻烦但安全的用水方式。每两三天，他去村里的水站打水，装进放在厨房里的蓄水罐，避免从户外引水的水管冻结风险。烧煤的取暖锅炉奋力工作，暖气片白天也发烫，蓄水罐和屋里的水管系统被暖气所护。无需额外担心，只要房东一家有暖可取、有水可用，我就不会挨寒受冻。

后来我才发现，房东自家的房子之所以按民宿标准建造，是因为他们本就做游客生意，夏天有十来间客房对外营业，有经验，知道游客想要带马桶的独立卫生间、热水器。只要有需要，卧室随时可以变身客房。并非因为他们比一般村民更在意过冬是否舒适。即便在冬天，大部分恩和村民仍用旱厕——需要走出房门，到院子角落塑料挡板围成的户外厕所如厕。多久洗一次澡，取决于忍耐程度。实在想洗，可以选择俄罗斯桑拿，在木屋里烧热水，用树枝拍打身体，或等进城办事时到洗浴中心去。本地村民很少想法解决过冬的不便，习惯了，无所谓不便。会在冬天仍留下来的村民大多是牧民，有动物要照料，有工作要做，不得不留。生出"我就不信了"的决心，要与严寒一战的，总是外来者。

广东来的"村长"租下村庄边缘一幢两层楼民宿，从秋天开始动工，想要改造成可以过冬的房子，对外迎客。南方游客对雪存有浪漫憧憬。落雪之前，"村长"用白色塑料布把整个民宿包裹起来，防风隔冷。这是村里唯一一幢被白色塑料布裹起来的房子，总有村民路过时要说上几句："啧，外地人，以为靠塑料布就能过冬，真是不知道这地方冷起来的厉害。"

确实是没办法的办法。民宿建筑体原本按照夏天居住的标准建造，只为做夏天旅游生意而存在。保温、抗冻、防风，所有让一栋房子具备在零下三十度仍有庇护作用的功能，它都不具备。于是那个秋天，我们看着一车车木头、铁板运进"村长"的院子，被吞进白色的塑料布罩子。已经六十多岁的"村长"势在必得，然而本地村民都觉得他异想天开。

到了冬天,"村长"的民宿确实营业了一段时间,接了些客人。只是寒气实在太轻易就能穿透墙体,纵使有电锅炉和电暖器,房间太多,隔得又有距离,屋里始终暖得有些勉强。水管仍时不时会被冻住,需要用热水不断浇,把冰化开。民宿只要营业,就不得不终日解决在严寒中的生存问题,每天都可能有新状况,为了取暖有做不完的活,总看到"村长"在忙。再冷些,"村长"就离开恩和去别的地方,冬天的民宿关张。

寒冻绞杀吞噬每一寸试图在它疆土内存续的暖热。暖热供养寒冻之神。

只有在自己家里才能奢侈拥有炙热的暖意。越冷,暖越热烈。外面天寒地冻,打开屋门,白色热气从敞开的洞口腾出,人跺脚抖掉靴子上的残雪,闪进白雾里。热气是一个家最重要的组成部分——火不能断,是三哥在冬天信守的第一原则。在这样的寒冬,要什么马桶,要什么热水器?最最紧要的是直截了当的热,和寒意拼个你死我活。火舌燎人的炉灶压满木柴,热气从炉灶内腔钻进中空的火墙,一整面墙烧得滚烫烫。越热越好！把房子烧得滚烫烫地热，最好热得只穿单衣，逼得进屋的人将层层叠叠的外套、围巾、毛衣脱下。热得脸颊通红，找凉水喝。

柴火在炉灶里噼啪作响，天地一片肃静，白厚的积雪吸纳所有喧杂，掩埋所有污浊，消融所有尖锐。一切变得可爱，一切都有声音——原本一粒粒雪轻轻搭在先前落下的一粒粒雪上的安安静静——车行、走路、铲雪。嘎吱，嘎吱，唰。一切难以隐藏，一切生出痕迹。世界一次一次变新，变旧，变新。

人暖暖热热地吃饱，便会忘记冷，生出哪里也没有此时此地好的酣畅。"考虑和我做邻居吧，隔壁那院子，八万，可以借你点柴火烧。"三哥说。他的院子被劈成小臂长的木柴占掉一半地块，垒起来有房子高。有时他们要去做些不便带我的活，便指派我留守空荡荡的屋子和炉火。我从院子把柴火拾进塑料桶，添进炉子。

"留下来吧，别走了，"三哥和小黑哥眯着眼说，"这儿多好。"

是啊，多好。好像天地间只存这一处暖地，只被这屋里的人秘密共享，雪布下结界。人在冷境中为自己造出一处暖地，便拥有最小单位的王国。无论这王国的围墙是砖石、铁板或木头。哪怕这王国只由衣物构造，只我一人。走在寒风呼啸的雪地，我也拥有一座最小国境的暖热王国。身处暖热宫殿之中，获得与天地平等对望的笃定。寒冻神灵收起利爪，从落雪远山投来柔和慈爱的目光，在睫毛、窗檐凝结白霜，与人游戏。

· · ·

如果留下来，是不是也不错？冬天来临之前，我确实动过长住下来的念头。小黑哥在闲时带我在村子里转，查点有意出租和出售的房子。但很快熄灭在冬天独自居住的念头，我没有在这样的寒冷中照料自己的生活经验。不像马，周身皮毛就是它们的庇护所。

不过有时我也会忘记自己身处一座北方村庄，

忘记身处何处。过去几年常常搬家，每次搬家后总有一段时间会失去方位感知，觉得自己在过一种悬浮于所有时间和空间之上的生活。尽管身体所在的地理意义上的点存在具体坐标，在一个具体城市，一个具体城区，一条具体街道，一幢具体的楼，有精确的楼层与门牌号。同属一个城市空间的人，能依循这套定位系统轻易找到彼此。亲近的人，陌生的人。

什么时候会忘记这些？当离地面足够远。2020年春天结束，世界从疫情中恢复一定秩序，我决心从上海搬到苏州去住。租了一套位于二十九层的房子，新生活被架在距离地面近百米的半空。因为距离地面足够远，周遭足够陌生，更觉自己住在一个悬浮空间。从那么高的地方望出去，楼房、汽车、马路、人，嵌着灯光的陌生水泥景观。它们在视野里出现，又和我没有太大关系。我想象它们其实不存在，只是某种全息投影。

真实存在的，只有我和这套悬于二十九层的房子所构成的空间。尽管客厅的穿堂风大得像要把吊灯吹下来，卧室小窗灌进来的空气又不足以吹散夏末的燥热，在那么高的地方仍会有蚊子。但这些都不妨碍我喜欢它，在它的身体里缓慢、安定地造茧。

那次搬家，也是铁了心要走，离开上海。同样说不清那样的坚决源自何处，为何如此强烈。似乎没有什么必须一定非要离开的理由，比如换工作，或维系一段感情。只是单纯地想要离开此处，坚决地拖着将近三十个箱子，叮叮当当从上海市中心向西迁徙。仍记得离开上海时落雨，乌云笼住整座城市，我和箱子们向外逃离，离开上海地界时松了口气。好像身后是头巨兽。

直到搬家我才惊讶地发现自己在上海住了三年、十平方米不到的小房间，这个朝北的、因为楼距过近常年不得不被迫关闭窗帘的狭长房间，竟然可以装下那么多东西。将近二十个箱子的衣服、书和杂物，还没算上堆积在厨房和餐厅的各式厨具和架子。这些物件各自乘纸箱而来，然后滑向房间里不知什么地方，隐蔽地住下来。床头临时搭出来的简易书架上堆满随手摆上去的书，它们层层叠叠，彼此紧挨，小心平衡着力学意义上的稳定，间隙大方地容纳灰尘和落发。睡觉时偶尔撞到，它们就摧枯拉朽地倒下去。

曾经我并没有那么强烈地觉得那个房间小。它的小，过往在我看来是一种恰到好处的可爱。

一张一米的单人床，一个两米乘两米的组合衣柜，一个双门书柜，一张对折之后铺上地毯就成为榻榻米的双人床垫，一只会陷进去的懒人沙发，一张来自宜家只需三十九元的黑色矮桌，一个白色的可升降衣架，两组三层书架。如果有朋友来，榻榻米就是第二张床，用地毯铺在空的地上还可以让朋友们围坐聊天，喝茶吃西瓜。我用它收留过很多朋友，有的会住几天，有的聊得忘记入睡。一个人的时候，我甚至还能在这些东西中间，铺开一张瑜伽垫，摆一只琴架。

在那个房间里居住的三年，我的全部生活都压缩在不到十平方米的空间里。它内在不同功能区间的紧密咬合带来一种肉眼可见的高效，几乎没有冗余和浪费。它也是和煦的，舒适的。会想，应该很难会有比这性价比更高的居住选择。

但事实上在第二年决定是否续签时,我是犹豫的,想要搬走。住得久了,有越来越多勉强的时候:时常重启的热水器,水流微弱的淋浴喷头,总要手动给水箱灌水才能正常运转的马桶,一不留神就被冰封住的推拉格顶开门的冰箱。几乎每天都会成为建筑垃圾倾倒站的单元门口,不知道是不是同一批工人反反复复地把马路挖开又封上再挖开再封上。但最后还是又住了下来。比起费劲去找新的房子,直接和房东续签下一年合约更容易。

离开一种知道不那么如意但又尚且可以忍下去的状态,很困难。我不擅长向内讨好,会想象另外一个声音说:"别折腾,这不是挺好的吗?这套房子干净明亮,位于市中心方便宜居的街区,又是与相熟的朋友合租,到底哪里不满意一定要搬走呢?就算搬走,一定能找到更合适的房子吗?"

被自己困在这个朝北的小房间里,数着租期还有多长时间到。如果忍耐可以被量化,就方便知晓该在哪个数值处停止忍耐。

第三年租期的终点随着疫情有缓和趋势的时点到来,那时我还没有回到上海,租期又延长了两个月。房东给我打了很多电话,劝说我不要离开这个房子,这样他就不必寻找其他租客。我撒谎自己因为失去工作要离开上海,因此不能再续租。

继续待在这个房子的时间,终于有了明确倒计时。疫情让远程办公成为常态,我重新回到工作状态,同时获得居住选择的自由,但这也意味着要承担随之而来的责任——你可以、有权在一个宽泛区间为自己选择居住空间,那么当下、此刻,你的需求是什么?你要为自己做出怎样的选择:一个怎样的街区,一个怎样的房子,一种怎样的生活?

必须回答这些很难回答的问题,一次次地练习向内询问,自我确认。

需要一个多大的空间?我发现自己对空间的心理需求,远大于一个人生活的实际需求。想要一个人住在一间至少有两个卧室的房子，朝南，阳台连着客厅，有电梯，位于高层。这个空间是什么风格？想要被浓厚的颜色包裹。想找到一套允许我装修的房子，每个房间都刷不同颜色。

从上海到苏州看房，我只花了十分钟就决定租下新家，因为它几乎符合我的所有要求。房东允许房客重新粉刷，并扔掉大部分家具。同样的租金，在上海只能拥有一套老房子里的一个房间。但当天晚上我失眠了，即将要做出的很多选择急迫地扑向我。买什么牌子的墙漆？什么时候粉刷？在陌生城市去哪里找工人粉刷？还是自己粉刷？刷漆空置一周之后就入住安不安全？选择什么样的颜色？选定了的颜色真的会好看吗？涂出来和色卡不一样怎么办？涂出来很难看怎么办？房子还有许多墙面的问题需要处理应该怎么办？所有这些事情都需要费用，会不会难以承受？我开始怀疑自己是否过于追求物质，在意一种世俗意义上的好房子、好生活。

第二天醒来，只睡了三个小时的我去了一趟宜家，站在每一面有颜色的墙前，问自己，如果这面墙无限延伸,是你想要待的地方吗?回答刷什么颜色这个让我失眠一整晚的问题,实际上只花了三十分钟。我去家居城把最终选定的墙漆颜色买齐,一共十一罐,带回新家,摆在每一堵墙面前,给师傅写了提示纸条。在那几个小时之前,师傅表示担忧和不解,建议我全部都刷一个颜色,买上一大桶十五升同一个颜色的漆最省事。我拒绝了他的建议。

不过是租个房子而已,为什么还要那么大费周章,费钱又费力。万一一年之后房东不再愿意出租或者我想再搬家,这笔投资就打水漂了。但讨好自己,似乎是要交学费来学习的。认真询问自己的需求,将之当作合理诉求,而不是被否认和打击的妄想。竭力为自己去把它们变成现实,并承担它可能会不太如意的结果。此前我并没有足够经验。选择一种生活,而不是被某种生活选择,接受并忍耐它。后者容易得多,需要放弃的也多。

入住新家的第二天晚上,我骑车去湖边,去看那座从阳台能望到的摩天轮。

从小区拐出,很快就会骑到一条叫星湖街的

马路上。装满星星的湖泊。五月的夜风还有些凉，骑车穿过一个个路口，路过不认识名字的街道和大楼，向湖边奋力踩。马路宽阔，没有什么人和车，我知道要去哪里，又好像不知道要去哪里。慢慢接近在阳台上看到的那只会在夜里闪着紫色灯光的摩天轮。

它不转，就只是站在那里，发出紫红的光，对周围的一切来说也像是一个悬浮着，和周遭毫无关系的存在。我假定它也在过一种悬浮着的生活，一种只关乎自己，自己应答自己，不依赖任何人，也不等待任何人的生活。颇有些矫枉过正的盛大的生活。空间宽阔，超出一个人居住需求的宽阔，所有能改变的地方都符合心意，墙面、吊灯、书柜、椅子，能换的几乎都换了个遍。玻璃杯一买就是一打，拖鞋男式女式加起来快十双，设想家里常常会有朋友来。实际上大部分时间都只有我一个人。

但那是彼时我的需要，即便矫枉过正。

那时我刚休完几个月的病假，对自己全无信心，任何方面。甚至不相信自己可以再做好一个采访，可以和人顺畅交谈。是在那样的时候模模糊糊意识到，身体在向我提出它的诉求，它想要一个更大更宽敞的地方，想要离开这个安定住了很多年却让它和很多不愉快的感受相连的地方。被束缚和压抑的记忆会被唤起，它需要离开，去一个新的地方，把自己安放在一个可以无限舒展开的空间，让绳索松掉。物理意义上的空间，与内在的精神空间相互映照。

这个空间，似乎允许我做任何事。

工作累了，躺在客厅的凉席上，看阳台的落地玻璃窗，窗户把天空裁切出一个方形。艺术家的作品也不过如此，把天空装进取景框。衣架被夜风吹得撞出声响，咣当咣当，像风铃。那样的夏日夜晚就索性睡在地上，睡在从阳台吹进来的夜风里。

下雨天不再带来麻烦，是进城去看园林的好天气。园林笼于氤氲，石阶因潮湿变成深色。带《浮生六记》去沧浪亭。在园子里读沈复与芸娘的中秋游记，他们在如今仍在的亭中铺毯，席地而坐，烹茶。"一轮明月已上林梢，渐觉风生袖底，月到波心，俗虑尘怀，爽然顿释。"因而总是盼望下雨，在城市里得以短暂地穿越时间。

租来一台钢琴。琴体长一米五，有快七十厘米宽，顶得上大半张双人床。客厅没有能摆得下它的地方，只能勉强塞到卧室去。师傅把钢琴斜过来放正，两个人铆劲抬起两边，请我帮忙撤掉垫底的拖车，琴就坐在窗前。它像一座黑色的山横亘在卧室窗前，制造出一条狭窄的过道。它挤占了小半扇窗，挡住卧室本不宽裕的光线。

常在夜里练琴。因为从来听不到隔壁邻居的声音，由此假设房子的隔音很好，大胆地在深夜弹琴。十点弹，十一点弹，十二点也弹。随心所欲地和这些黑白按键玩耍，分解的和弦，随机的双音，或者随便什么从脑海里冒出来的旋律，我无所谓，随意乱弹。然后十五分钟过去，半个小时过去，一个小时过去。可以一直玩下去，创造出一些声响，把脑子里的声音弹出来。一些无用而恍惚的游戏。

情书。甚至给这个房子写情书。虽然它不会以文字的方式回应我，但写情书这种事不是以得到回应作为前提的。当从上海返回苏州的火车缓缓启动，朝西开，路过一片片城市的边缘和郊野，正好是太阳慢慢掉到地平线之下的时候，远处的天从蓝色融合着奶白色、橘色、糯粉。有云，云朵的边缘被已经完全掉下去的阳光勾出金色的边缘。远处正在盖的高层住宅，遥远地借玻璃折射出金色光斑目送驰过的列车。就是在那个时候，突然感到一种让心里微微发酸的想念。想念一个空间。想这趟车开得快一些，再快一些，穿过更多的树林和草地、水域，让我可以早一些见到它。渴望把鞋子甩掉，感受把脚完全释放出来踩在地板上的感觉，脚掌上的褶皱会因为突然松开摊平而生出另一种钝痛。

谁会说自己想念一个房子呢？这太荒谬了。除非那座房子里有思念的人，或一只动物。好像强烈的喜欢和爱是只可以给"活物"的，情书如果没有一个特定的人，似乎不具备被写下的充分理由。可是我明确知道，在我看夕阳在地平线尽头的温柔投影时，让心微微颤动想念的，不是一个具体的人，是一个空间。它不同于这个世界上其他所有房子，哪怕是同一个小区里几百套长得一模一样的房子。

它不属于我，不属于在这个城市管理制度下以一张证书拥有处置权力的人，或建造它的人。人的寿命实在短暂，就算有足够幸运也不过百年，没有人能真正拥有什么。只有一个个正在经历又转瞬即逝的当下才是真正真实的，比如我在疾驰的列车上思念一些什么。

在苏州住下的第十五个月，搬回上海。在两个城市之间通勤总归不便。

我总是坐固定的那班列车，9:05发车，9:36抵达上海。一般提前两个小时起床，提前四十五分钟出门去坐公交车。如果打车，那就提前二十分钟出门。家离车站近，不堵车五分钟就能到。提前十分钟到车站，刚好赶上检票，不浪费时间。九点左右下到站台，会听到广播说，即将有列车通过，请站台上的乘客注意安全。重复几次后，一辆白色列车唰地穿越车站，车厢和空气快速摩擦发出巨大声响，人站在站台上也觉得空气震颤。每天都是一样的事件，一样的声音。在一些早晨会感到落入时间循环，不知道是不是同一个早晨。一切行动必须严丝合缝才不会出错。只要遵照这个流程，一整天就可以安全、高效、有序地铺展开去。

开始有些厌倦。而房东又恰时毁约，请我搬走。

说是搬回上海，但仔细算算，不过是比我在苏州住的地方往上海方向挪移了五十公里，将将挪进上海地界。仍然不想住进市区，想要远离城市。

新的住所很偏，在窗外看得到田野和地平线的郊区，空置的商场映射着一种企图用商业控制人群和土地但很快颓败的野心。唯一称得上是商场的建筑，像一条有彩色背脊的龙，但它不像徐家汇、淮海中路、静安寺的那些大型商场一样能够轻易地吞咽钞票和人流，四层楼的建筑只有四楼餐饮区能看到人。其他楼层不要说人，认识的牌子也叫不出来几个。整座商场哪怕是周末晚上也空空荡荡，一楼被围挡隔离出许多儿童娱乐设施，艳丽的彩灯徒劳地招引主顾。

商场像搁浅的巨鲸，喘着粗气。

搬家后身体虽然到了新的地方，但意识还是

飘忽了一段时间。比如到了下午会突然惊跳起来发现忘了买火车票。然后才意识到,已经不需要频繁打开手机抢票,确认往返车票是否都购置妥帖。也频繁走错路,到火车站所在的地铁站换乘,下意识地直接刷卡出站,往外走时才反应过来我不是来坐火车的。

从市中心到新的住所,要在地铁里度过一个半小时。住在上海最西边的人很多,因此手机在下班高峰期信号异常差,新的信息很难加载出来。这不影响大部分人盯着手机,拇指滑动,滑动。才意识到,从苏州到上海虽然辗转,但因为变化会生出旅行的趣味。可住在郊区需要每日通勤,每天往返在憋闷的地铁黑洞里被关上三个小时,比前者更让人难受。

半年之后,无法继续忍受长时间在地面以下通勤的我,又搬回市区。回到两年前从上海搬到苏州的同一个街区。花费更高昂的租金,租下不到三十平米的房子,朝北,自己住。搬回来的时节正好是春天,真好啊,天气暖了。这个春天,这一年,会发生一些好事情的吧。应该会有更多很好、很奇妙的事情。我想。

但两周后,意料之外的许多事发生。我在那个春天决定再次离开上海,去恩和。

,,,

十二月的第二天,小黑哥突然说起要去找回最后一批流落在外的马。它们分散在不同地方,位置不定,只能骑马凭经验去找,还需要一些运气。在此之前,他已经往回赶了几十匹马,因为数量太多,这些马分散养在三个牧民的马圈里。

那个冬天的雪,下得比往年更急更厚。雪厚,马就吃不到草,就算勉强挖到草,一口下去半口都是雪,根本吃不饱。吃不饱,就更没力气找吃的,就瘦。怀孕的母马需要营养,在夏天因为接待游客累瘦的马需要长膘,还在长身体的小马驹需要额外热量。但在异常的严寒和大雪面前,原本可以在野外独自生存的命运,变得难以估摸。灾年啊,牧民们在十月下第二场大雪时就做出预言。往年有些心宽的牧民，一个冬天都不去看几回马，但现在连最不爱操心马的牧民都开始忧虑赶马的事。

十一月以来，恩和的十几户牧民就陆续有人把马从野外赶回来，少的几匹，多的几十匹。一些小马被单独带离马群，回到马圈人工饲养，这样母马不必因哺乳流失本就不多的营养。马赶回来，是不得已而为之，要建马圈，要采买草卷，要起早贪黑地添草喂水。花钱也花力气。这样额外的投入和劳作，从把马赶回来那日起，就要一直持续到来年春天。"已经买了几万块钱的草料，还要十几万，能怎么办，总不能看马死吧。"牧民讲。

还有一些生病的马被发现，它们跪坐在地没有力气起身，需要人揪着尾巴拽。马生了病，尾巴和鬃毛变得松散，一用力拽就往下掉。生病的马毛色暗淡，站着也摇摇晃晃，让人心里发慌。小黑哥给病马打针，马被人摁着侧卧于地面，虽然身体虚弱，仍会吓得四肢乱踢，气得低头用牙啃膝盖。"马上就好，马上就好。"我小声安慰。

去看马更困难了。车能去的地方更少，马也更不容易现身。往往在路边看到马在山上，人站在车旁，两手插兜，喊："哎哎哎哎——哎哎哎哎——"马应当听得见，好像往人的方向来，懒懒散散。

"我可以去吗？"我怯怯地问，也想一起去寻马。

"你想好啊，这个天气。"小黑哥语气淡淡，没有直接拒绝我。

第二天起床，是个糟糕天气。阴天，风大，下起小雪，天气预报零下三十多度，体感温度要比这低得多。小黑哥和一同去找马的小鱼，都穿上了内胆是厚厚一层羊毛的皮衣皮裤，脚下是皮靴，头顶是皮帽。在这么极端的天气外出，得穿得像只动物，能在这样天气下生存的动物。只有羽绒服的我仅在户外走了十来分钟，就感觉寒气把衣服全部打透。

有些沮丧，立刻识趣地放弃同去的念头。

那天小黑哥和小鱼吃过早饭就钻进风雪，下午四点多才回，帽子边缘、头发、睫毛，全凝着发硬的白霜，像挂满雾凇。六个小时，流落在外的大部分马都被寻了回来，赶进邻近的村子马圈。喝了一大碗羊肉汤，他们脸上的肌肉才活跃起来。

本以为这个冬天，我大概没机会亲眼看到牧民如何在野外赶马，没想到第二天小黑哥说："明天天气好，去不去赶马？"

立刻答应，生怕他反悔。

假若上次我真跟了去，因为行动方向不确定，预估时长不确定，在没有信号的荒郊野外迷了路、摔了马，或因为太冷而身体失温，又或是饿极了，都是极危险的状况。不可能快速安全返回，也不能指望别人照顾自己。但这次赶马路线非常明确，只需把暂放在附近村子马圈里、他们寻回的四十多匹马往恩和赶，而不是满山满谷找马。

第二天果然是个好天气，有太阳，大喜。早饭后启程，需要从恩和先开车到邻近村子。小黑哥、小鱼和我下车骑马赶马，车由嫂子再开回恩和。出发时，汽车的仪表盘气温显示三十三度，零下。

身上套着我所拥有的最厚实的装备。不能再多了，它们紧紧裹住我的身体，几乎没办法动弹转身，更别提屈膝抬腿踩到马镫上，差点连马都上不去。终于坐到马背上，套了两层手套的手感觉不到缰绳，无法用手指控制方向，只得把缰绳挂在手腕上，用小臂的力量控制。加绒面罩让呼吸变得困难，但拽下来脸就没有了保护。

期待靠粗暴的堆砌在零下三十度的户外保暖，太天真了。但至少不会冷得失温，我乐观地想。

秋天骑马时，从邻近村子到恩和的路线常走，约莫十公里，如果骑得快，一个小时就能往返。但冬天走这条路要难得多，大地白茫茫一片，原本的公路路面彻底消失，和田地、山坡连成一片。

"该往哪走？"刚出村我就晕了头。

"沿着电线杆的方向走！"小黑哥往远处指。电线杆沿着公路建，沿着电线杆一直往北走，就不会弄错大方向，一定能回到恩和。

知道方向是一回事，走起来又是另一回事。

马群在一眼望不到头的野外，没有道路的限制和指引，松散分布在雪地上，一会儿摊得范围大一些，一会儿缩得紧凑些，一会儿一部分离群跑偏。需要赶回去的马由好几个不同小群组成，小群有各自的领头马,它们不愿和其他马群一个方向跑,或者挨得太近。于是四十多匹马刚出村进入野外,立刻分化出几个队伍,有的马群甚至往完全不相干的方向阔步跑去。赶马的人需要从旁侧包抄离开大部队的小马群,迫使它们掉转马头,回到应该去的方向。

状况外的不止叛逆小群。

一匹母马带着自己几个月大的孩子小黑马。小马跑不快,妈妈也总慢下来等。一匹瘦得脊骨高高突出、肋骨清晰可见的黄马永远落在队伍最后面。它实在太瘦,哪怕是并不那么熟悉马的我,也能看出它跑步时的吃力。

骑术不如小黑哥和小鱼,我只能勉强担起断后的工作。这项工作简单,把落在队伍后面的马尽可能往前赶,不要让它们离开太远,还要把一些马因为落在后面而有离群意图的迹象,扼杀在欲念阶段。

因为没有经验,我做这项工作主要靠喊。

"快走!"

"不要吃路上的了,回去有够你们吃的!"

"不要去那边!"

"你们要干什么！回来！"

中气十足地呵斥状况外的马，努力让它们跟上大部队，但我很快就发现这个方式不可持续。

赶马的同时，还要留意保暖。帽子有没有遮好耳朵，面罩挡住鼻子了不能透气好难受，围巾怎么又从羽绒服里滑出去了要绑紧，两层手套太笨重连缰绳都抓不住了，手指在手套里快要失去知觉……更要命的是，我的马因为一个冬天在外，性子野了，兴奋地直往前冲，需要花比以往更大的力气才能拉住。于是喊了一个小时，脑袋就因为缺氧有些发晕，累得不想说话，双臂酸胀。低估了在零下三十度户外运动会消耗的体力。吃巧克力，闭嘴不再说话，只能靠动作催促落单的马。

时间越往中午，阳光越暖，早上还是零下三十多度，到中午就感觉身体微微发热。拆松围巾，把面罩扯到脖子上透气。

身上的保暖装备一环扣一环，关系紧密。紧紧箍住头部的围巾和面罩除了给面部挡风，还起到固定帽子两侧护耳的作用。这下好，围巾面罩一摘，帽子就无法固定左右移动，需要时不时腾出手把帽子按回原位。帽子移动连带着头发挡住眼睛看不清路，想要拨开遮挡视线的头发，发现露在外面的头发已经冻硬成型，拨一下又弹回来。围巾因为太长，松开后跑着跑着就滑落下来，要是飘起来极有可能惊吓到马。完蛋，可不能冒这个险，赶紧把围巾完全解下绑在马鞍环上——怎么回事？刚跑两步帽子怎么又要飞了，头发挡住眼睛看不清路，可是单手扶住帽子另一只手控制不住马……

我忙得气喘，像初次踏进厨房的厨子，一会儿被油溅了手，一会儿肉从案板掉到地上，一会儿发现该买的菜还缺好几样。

"还有多久？"终于忍不住向小黑哥发问。

"才走了十分之一！"他假装正经地答。

平时只需要走一个小时的路，就算速度再慢，怎么会两个小时还没看到村子的迹象？眼前的世界仍是无尽头的雪山和雪地，一点人烟都没有。

直到第三个小时，才看到希望。

爬过一个缓坡，远处终于有房屋，公路也因

车行得多，从雪地里显出更清晰的形状。马群知道那是回家的路，开始沿着一条直线跑，直至跑进马圈。好不容易，所有的马终于从野外回到了家。

迎接我们的，是暖屋里滚烫的羊肉汤和现烙面饼。依旧没人说话，坐下来呼哧呼哧地吃，面前的汤碗冒出热气。

春天是最难看的季节

春天,花豹被骟了。这是一匹公马最有可能的命运。

骟,动词,割去睾丸或卵巢。但没有卵巢会被割去,当年未受孕的母马被称作"空怀",牧民提起时撇嘴。子宫空荡是一种罪。空怀的母马让牧民不爽快,但无性命之虞。公马就没那么好运,它们只有两种命运:成为种公马,或一匹骟马。

种公马标准严格。体格出众、身形匀称、毛色油亮,不留下像它的后代会令人扼腕——让人产生这种感情的公马,才有可能成为一匹种公马,率领保护由母马组成的马群。如在野外自由生活,马群里的幼年公马长大后会自然分群,组建自己的马群。但成为牧民的财产、没有足够幸运成为种公马的公马，只剩被骟这一命运。骟马性情更稳定，适合做骑乘马。没人想冒险骑一匹会因发情陷入疯狂的公马。

马无论何时都温顺、优雅，是人一厢情愿的想象。一匹马可能会因护食、感到威胁而发起攻击：耳朵突然向后折背，几乎平贴在鬃毛上。危险信号。它们用有巨大咬合力的嘴啃咬对方颈脖，后腿猛地抬起向后蹬，或上半身跃起用前蹄击刨。一匹马可以因为被另一匹马意外踢中头部而亡。因此骟马有诸多优点。它们不会争夺母马，产下"不够优良"的后代，也因雄性激素水平大幅下降而变得更不具攻击性，更能适应劳作需求，驮运货物与游客。一个与皇朝宦官制度同型的微型马群等级制度。

听过给小猫小狗做绝育吧？宠物医院或家里，洁净的手术环境，根据体重计算出所需的麻醉剂量，动物安全陷入昏迷。富有经验的人类医生执刀，精准切除要摒除的部位，止血，缝合。等上一些时间，动物苏醒，服药，静养，直至完全康复。多么科学、体面。

但草原上骟马,完全是另一回事。

花豹被牵到马棚中间的空地,这个上午即将与它一同被骟的,还有另一匹黄马。先是花豹。花豹得名于通体的白底黑斑花纹。每次见到花豹,它都眼睛泛红,像压抑了剧烈愤怒,体内的红色岩浆几近要从眼眶横溢。上眼睑横斜覆住上半只眼,用另半只眼直勾勾盯人。头顶的灰黑鬃毛微卷、纷乱,垂在眼睫上,即便看不清眼神也感到一股邪侠的凌厉,刀子从两个黑洞簌簌投出。

"眼睛长得磕碜,瞅着可坏了,这马肯定骑不了。"有牧民下断言。

"能骑,怎么不能?"小黑哥也同样肯定。

能不能骑,都得先骟。马棚中间的黄泥空地,是手术台,宝哥操刀,其余三位负责控马。绳,长绳。手指粗的白色麻绳,绕过前腿的腋窝处在胸口打结,从腹部的中线穿向臀部中缝,两根绳分别绕过左右后腿,收至胸口的结。人漫不经心地用绳有章法地套住马腿,形成看不出名堂的松散结构。马不动，和我一样不明白牧民在做什么。绳子不痛不痒地贴靠、拖地，人没有用绳抽打威胁的动势，因此不构成攻击的理由。

绳子盘缠好后，人分开两侧，突然快速扯紧。花豹两条后腿猝不及防地落入绳套的结，分别被收拉到紧贴腹部。花豹失去后腿支撑，先是坐下，随后侧躺倒地，地面击得砰响。绳继续收，不能再紧。花豹前腿吃不上劲，无法踢踹，一人将马头踩在地面，一人用剩余麻绳分别缚紧两只后蹄。"服不服你。"人一边拉紧绳，一边和花豹说。花豹的蹄子大，为固定绳索提供了便利。

一切发生得迅猛。花豹后腿分开，恰好露出即将被割去的部位，褶皱肉团。

宝哥在旁侧做手术准备。碘酒药瓶拧开，放在地上，白色棉线泡进去，红棕向上渗延，挂在瓶口外侧的线也变了色。更粗的针。刀。并不起眼，瘦刀，手掌那么长。花豹的脖颈连带瘦长的脑袋被摁在地上，鬃毛更乱了，更看不清眼目。鼻息沉重地几乎横平地喷在地面，伴随低沉的喉音。它无力嘶鸣，露出齐整白牙。泥尘勾勒鼻息的状。一息比一息更深重地喘。

没有麻药的必要，碘酒涂抹双手和马皮表面，刀下在肉里。划开薄皮，血涌出来，在花豹身下浸成一摊。"这里这里，摸着了。又不见了。"宝哥徒手在伤里探，寻找该完整切除的部位。"切多了伤，切少了等同没骟。那小玩意儿从伤口缩回身体，揪到了，捏住。再下刀。"沾血的红手去拿红棕的线，切开的表皮重新闭合。不过几分钟。每下一刀花豹身体都缩抖一下。

绳套全部松开，花豹仍然躺在地上，腿脚维持被捆紧时的姿态。人推推它，它坐起身，然后站立。它不迁怒于刚才锁住它、踩着它、从它身上生生挖下肉来的人，往空地边缘走。血没再从身后滴下来。缝得够牢。

花豹被骟时，黄马就站在不远处看。而后同样的命运移至它。

见到花豹是第二年春天。我在前一年的年末离开恩和,又在春天回来。那时新冠病毒终于蔓延到村庄,缺少药物,处处不便,我决定离开,在从海拉尔回到上海的飞机上发起高烧。

也算不上很突然,一切进展得缓慢,但有预兆。整个十二月,大部分时间我不得不躲在民宿的房间。房间很小,两张单人床,中间是勉强能放下一张露营椅的过道,然后就是厕所。行李箱甚至无法在地上摊开,只能放在另一张空着的单人床上。房间的三面墙都装了暖气片,大部分时间热得烫手。玻璃窗内侧钉上了透明的塑料布。饶是如此,晚上仍能感觉到不知从哪漏进来的冷风。恩和的餐厅和超市一家接一家关闭,到十二月,只剩下一家小商店和两家餐厅勉强营业,说不准什么时候会彻底停业。

隔几天我在厕所的洗手池里手洗衣物,勉强拧干,晾在暖气片上。水滴滴答答地顺着白色暖气片滑下去,来不及被烘干,掉在地上。答,答,答,答。这些水汽撑不了太久,大半天就会被彻底烤干。衣物板结发硬,有的部分轻微黏在暖气片上。我把那些烤干的布解救下来,揉软,让它们恢复织物本该有的状态,放回箱子,我的临时衣柜。

记得在零下三十度的小雪天气里骑马,耳朵因为帽子没有裹严暴露在空气中,等发现时已经开始发麻,失去知觉,懊恼地一边艰难地操纵马的方向,一边用带绒的护耳摩擦耳朵,企图尽快帮助耳朵恢复常温。手指在两层手套里,仍然冻得发疼、麻木。脑海里播放着恐怖画面,耳朵被冻掉,或手指被冻伤。更懊恼和手忙脚乱起来。

并未真正构建出扎根于此的生活,它当然是飘摇的。

虽然自然仍宽容允纳我的闯入——在一匹马的背上不知所措,任凭自己像铁锅里的豌豆被颠得快要蹦出边缘,于是愚笨地学习如何与这种大型动物合作,请求它安全地带领我在车辆无法前往的自然里穿行;在泥泞软烂的积水湿地,角度极陡的麦地山坡,看不到出口和尽头的白桦密林——但在自然面前，现代文明的诸多习惯土崩瓦解。所谓的科技：眼睛与大脑习惯了有清晰标记指引的城市道路，习惯了视野内出现的大部分景观是人造楼房——玻璃的，钢筋混凝土的，砖块的，覆着瓦片的。习惯依靠清晰的指引辨认方向，借助便捷网络的帮助在GPS地图上导航。在城市中，没有信号和网络近乎是一种罪过。怎么会有这样的角落存在？不可原谅。

可是自然并不遵从这套逻辑。身在自然之中，过往习惯的支持网络——依赖于所谓文明和科技的网络——都无济于事。这让人感到恐惧。你能够感知得到，自然有自己的一套运转逻辑。它更庞大，更有力量，更具碾压性。看着手机上的信号格逐渐消失，四格，三格，两格，一格，4G，E，直至这只黑色的小小长方体无法在空气中捕捉到任何它能够识别并破译的信号。我知道自己和它一样，不过也是人造物，只能在所谓的文明世界中捕捉人造信号，在自然中却是个盲人、聋人。我看不见、听不出自然世界的信号，那些在人类出现以前就已经长久存在的信号：太阳的高度，空气的湿度，树木生长的年轮，风的方向，落雪前的征兆……

一部分牢固的东西被动摇，碎裂。

但回到上海之后，我却害怕回看在恩和时的照片、影像，不愿阅读那时记录的文字。从漫长的新冠后遗症中逐渐恢复，我焦灼于如何让自己再次安稳下来——修改简历，寻求工作。草原确实改变了一些什么，但不彻底。我没有在那里找到出发前渴望得到解答的问题的答案，可一切又确实不一样了，它确实在一定程度上撼动曾经坚固的观念、惯性。但那又怎么样呢。有时甚至发狠地想，如果没有发生这些就好了，如果我从来不曾知道还有另一套存在逻辑就好了。如果我从来没有与马一起深入荒野。如果我从未经历那些浓烈的欢喜、震动、感伤、恐惧，天地恩慈的注视。

也许它们只是梦境，只是我的想象。所有投射于它们之上的强烈感受都不真切，都是特定情景之下的产物。真切的只有当下，我仍然需要回到城市生活之中。如果这几个月的旅行不足以让生活发生彻底改变，那么意义何在？我应当忘记它们。瞧瞧你自己有多可笑。不屑城市严密高效运转的系统，却依赖外卖送来的食物与药品，渴求在街道之中落定无需漂泊的居所。

一个下午，我在咖啡馆里对着电脑上的简历页面发了许久呆。

屏幕上那些文字所描述的人，三十五岁，拥有九年工作经验。因为学了七年哲学，她正式开始工作的时间晚于许多同龄人。她的求职意向是编辑或品牌营销。在核心优势里，她参考从事人力资源工作的朋友的建议，写下"具备良好的文化项目全案统筹能力，擅长内容创作及现象洞察，拥有丰富的文化项目管理经验"，在简历最后附上长长的作品清单。她在过去一个小时里不知道怎么让那些词句显得更厉害些。她犹豫要不要奋力去谋求一个稳定工作，又因为所有投递没有回音感到沮丧，觉得自己的纠结实在滑稽。于是她打开手机相册，漫无目的地滑动屏幕。

一匹棕马被系在木栏上的缰绳挂住左前腿，三哥走向它。一匹备好马鞍的马在等待时困倦，卧在地上睡觉，头越来越低，嘴戳在泥地上。和小黑哥骑摩托车去找马，车意外陷进泥潭，把手的油门线又恰时断了。一辆皮卡从村里开过，连续播放广播："收，淘汰牛、淘汰马、淘汰羊；收，胖羊、胖马、胖牛；收，旧电动车、旧摩托车、旧洗衣机、旧电视；收狗；收，马皮、牛皮、羊皮。"无人居住的俄式传统民居木刻楞前，路灯如满月，雪花趁着夜幕纷乱坠下。雪粒一颗一颗堆叠。一匹走失的马拽着松脱的马鞍，在傍晚粉紫相融的霞光里，缓步在雪地里走向村庄。

她重访了刚刚过去的那个冬天，忘记自己身处一间热闹的咖啡馆，坐在木头座椅上，室内暖气温和，隔壁客人闲聊家事，咖啡器械运转发出研磨声、喷气声。回神时恍恍惚惚。这一切不是梦境，同样也是真真切切的。自然曾宽仁地承托她，拥抚她，慷慨地向她掀起帷帘。

为什么不允许自己暂停远行，暂时还找不到答案？

春天是最难看的季节,恩和村民这样说。他们笑话我在春天回来。绵延的绿色归属夏季,秋天是金色草卷垒于山坡。冬日,万物净白。春天有什么?白桦和杨树仍秃,新生草籽尚未钻出地面,从寒冬幸存的植被枯黄。大风刮起沙尘,冷得很。大地回春,万物复苏,一切欣欣向荣,是属于春天尾声的形容。事实上的春天是融雪污烂和操不完的心,心时时为新生命悬着。湿漉漉的小牛小马小羊,从湿漉漉的子宫滚落出来,降生得早的,四蹄踏在雪地。四月的恩和,仍在下雪。

一日和牧民们上山骑马,远远看见一匹带着小马的母马,小马几天前刚出生,母马低着头,行动迟缓。"那母马不太行了。"小黑哥和三哥说。但我什么也看不出。当天晚上,小马和母马从山坡上被带回村里马圈,输液。注射用青霉素 G、抗菌先锋 B9 号,灌入五百毫升 5% 的葡萄糖注射液。备药区就在厨房台面,挨着没用完的姜块、晚餐剩下的青椒肉丝和鸡精酱油。

母马静立后院,药液从颈脖静脉流入身体。小马在身下不安分地拱动。应该会没事吧?被及时发现,带回治病,我想。但母马最终还是没熬过。三天后的清早它被发现倒在后院,留下出生一周的小马。小马被送给村里一户养羊人家,他们有充足羊奶可以喂它,也愿承担每两三个小时喂一次奶的责任。但就算人类尽了照料职责,幼年丧母的小马仍然很难存活。

相较生病,二哥家小马的状况让人哭笑不得。

那匹刚出生几天的小马是二哥二嫂凌晨喂马时发现不见的,马妈妈在马圈里安然吃草,一点没有新生儿走丢的着急迹象。它第一次当母亲。二哥记得前一晚放马时,小马明明还和母马走在一起,几个小时后竟然离家出走。

毫无头绪的二哥二嫂在家附近搜寻,一无所获。他们骑上电动车扩大搜寻范围,鬼使神差地直奔河边一处工地,被直觉引着往隐蔽乱石堆里钻,听到小马微弱的哼唧声。小马掉进两米深的狭窄井道，井底只能看到小马的下半身，两条细弱后腿朝上，上半身完全钻进井底横向九十度的通道深处。看样子是毫无防备地踩空，一头栽进去，根本没有回身空间。所幸井道里没水。难以解释的相通感应。

最后小马被赶来帮忙的小黑哥探身入井救上来，拽着后蹄拎出。惊魂未定的小马跪坐在地上，呜啊呜啊地叫。二哥连腿抱起小马，端到运货的电动车上，盖上毯子，由二嫂护着。"轻些轻些！别压坏它脊梁骨了！"二哥扯着嗓子吼，坐到驾驶座，载着小马回家。

蜱虫也在春天萌生。这种黑色小虫俗名"草爬子"，从草尖跳至路过的动物身上，头扎进肉里吸血。健壮的马毛色油亮，没有蜱虫停留，病弱的马身上尽是草爬子。和人一样，马在春天也更易生病，咳嗽，喘粗气，没精神，耳朵耷拉着。马棚是手术间，也是输液室。在高些的铁杆上拴铁丝，做输液架，连接管子，放液，接到针上。血从针口溅出来，地上都是，这意味着扎对了位置。三哥靠在生病的黑马旁边，手往肚皮下摸，一揪一只草爬子。

有的饮血把身子撑出三四倍大，黑色表皮因变薄而发白。"喏，给你。"他把肿胀的草爬子捏在手里递过来，吓唬我，又随手丢在地上。没死透的草爬子顺着马腿继续爬。我向后缩。人也恐惧蜱虫，伴随叮咬而来的可能是森林脑炎、莱姆病，外出归来总要仔细检查全身。

这是草原的春天。血肉掉落，融入泥里，死亡潜伏在任何地方。但所有新生，为艰难新生做的所有努力，都因生于死地免除湮灭而让人欢悦。牛羊的新生，马驹的新生，哪怕是蜱虫的新生。一匹骟马获得新的身份，不会成为肉马而死去。春日伊始是灰色的，热气从大地中蒸腾而出，褐泥将白雪吮入，生死晨昏的交界。实在容易忘记，新生从来不易，与死亡的分道有时甚至要归于运气。

为这幸运饮酒。冬藏的牛肉羊肉在冷柜里冻得结实，我们取出，切片下在锅里。"不要在春天买牛羊肉吃。"牧民警告。你不知晓春天的牲畜是怎么死的。

肉汤滚烫，肉片油脂绵密，大声谈天。

"前两天你小黑哥驯的那匹马，尥蹶子，我一回头，小黑哥站在房顶上。那马给小黑哥直接抛房顶上了！我想拍没拍着……还有匹马跪下了，头顶地，马鞍子直接滑到马脖子，人也头顶地一个跟头滚出去。"

我们贴近小黑哥的脸仔细看，辨不出脸上有伤还是皮肤本身的黝黑。后者可能性更大。

"我那羊皮这几天把油刮了，挂起来了。"

"这不行，成硬羊皮了。"

"夏天你得往上撒蟑螂药，皮就不坏了。撒羊毛上。"

"啊？那这羊皮我还怎么用？"

羊皮属于小黑哥在冬天宰的一头羊，被送给正在学习游牧民族制皮技术的光哥。

"我想做个小点的撮罗子（鄂温克族人的尖顶帐篷），去问了高叔和裴叔。"光哥接着说。

"你问我啊！我会！首先第一步啊，最重要的，你要学会怎么把树木变直。木头本来是弯的嘛。"小黑哥抢过话头，一边说一边比画树木弯直。

"你这个步骤太早期了。如果还要学怎么变直，那不用盖了……我买了削直的松木。"光哥早料到了麻烦。小黑哥的"树木变直术"没了用场。

吃肉，饮酒，在仍寒凉的春日夜晚睡去，滚烫的火墙释放热气。木房子在村庄中沉睡，缓慢融化的积雪在山尖沉睡。未降生的胎儿在母亲腹中沉睡，失去母亲的小马在羊圈中沉睡。

明日，枯黄的草甸会再绿一些。

野马削鬃

存在一种几乎不曾突然断裂,在时间中得以存续绵延的确凿吗?我实在很想知道。

灰狼

记得更早一些,呼吸尚未开始出现异常的时刻。从一场聚会提前离开,我坐在落地玻璃窗前的长凳等车。车迟迟不来。脑袋抵在玻璃窗上,我别过头去看外面,红色的汽车尾灯闪烁,缓慢移动,行人往来。像困于一只真空鱼缸,我能看见,却什么也听不见。被困在另一重平行世界。

提前告别是因为无法被按捺的焦躁,强烈至不能聚焦菜单上的文字。无数声响成倍放大地向我袭来。远处喧杂的言语与笑声,连缀成片攀附于被不规则切分的爵士乐句。侍者询问的轻声提醒也变得刺耳。那晚仿佛一个隐喻,一场预演。我因无法控制在身体内部猛烈繁殖的焦躁,不得不弃断正在进行的事务。并非主动选择,而是被迫中止。近乎脱力的疲倦占领躯壳,发生突然。然而在那之前,没有什么特别不对劲的事发生。我擅长周密计算多线程事务的接合时间,不认为日程安排得满会对我造成什么伤害,只是偶尔困。

所有不对劲,起先都是以无伤大雅的面目出现的。对困倦的耐受程度在疲惫缓慢增加的过程中,被毫无知觉地越拉越高。还可以承受,那就没有问题,不要小题大做,过分在意。

实在很难记起事情是怎么一步一步坏到不能承受的地步的。只记得渐渐失去对食物的渴望,吃饭变得很费力气,甚至吃一会儿就要躺一会儿,攒些力气起来再吃。也渐渐失去自然呼吸的能力。起先只是偶尔深深呼吸。随后呼吸越来越深,越来越重,成为一种大张旗鼓的劳作——总是难以顺利被完成的劳作,捕获的空气憋滞在胸腔与喉咙之间。不明植物在后背植根,黑色的,坚硬的,茎枝盘踞缠绕。它们缓慢生长,从内里缠住每一根气管。像在空气中溺水的人那样贪婪呼吸。需要刻意完成的呼吸在前胸后背留下成片的持久的酸痛，锁骨两侧深深下陷。等反应过来时，这具身体已渐次忘记应当如何呼吸。

"好奇怪，你看我需要这样呼吸才舒服一点。"我与同事无奈地开自己的玩笑，演示深呼吸时夸张的身体姿态。好像自己的身体是不服管教的小孩，是我之外的另一个实体。它不受命令，脱离常规，给我制造不适和麻烦。我需要调侃来化解它给我带来的羞耻。如果意识和精神能够脱离身体自由行动，该多好啊！无需受制于这具肉身的局限和边界。很长时间以来我都这样想。只有在生病时偶尔会对身体生出愧疚，但在康复后很快又将一切"以后一定"的誓言抛诸脑后。它最好一直保持健康，好用，能够承受压力，不需费心照看。

身体出了问题，那就交予现代医学来解决，总该有一个医学名词能够解释。但在不同医院和科室之间奔走，做名称各异的检查，总没结果。感到沮丧，怎么可能没有结果，怎么可能没有答案，像解方程式一般尝试一条又一条可能的路径。渴望明确的诊断，对症的药物，医生却安慰提醒多多休息。需要的睡眠时间越来越长，总是感到混沌，失眠也同时更轻易造访。腹泻、心悸、耳鸣，更具体的身体症状出现。

是这样吧，起初只是浮光掠影，没有留下任何刻痕。朦朦胧胧从梦境中蜕出的时刻，起身去倒杯水喝的途中。伞下，雨水在头顶有节律地击打。一些细小声音在这些时刻猝不及防地捉住你，悄无声息地捉住你。又在你快要留意到它们之前隐去形迹。之后，一个念头变成一些念头，一个感受变成层叠感受。它们有更实在的形状，如藤蔓的卷须黏连于你。它们秘密地驱动身体，在你来不及觉察的空隙。身体似乎有另一重意志，听命于在你之内的另一个你。你不熟悉，像游离出身体的魂魄惊诧地注视这具血肉躯壳。你看见它颤动。身体内部正在酝酿一场海啸，隐蔽的战争。皮肤屏障尽责维系表面周全，但细密的红色丘陵预告内部有刺兵试图突围。手指仔细辨认丘陵与平原的边缘，不绝的亟待应战的交锋前线。它们鲜红，肿胀，瘙痒，刺痛，急切，对与它们交战的主体不屑一顾。那时你隐约有了预感，这场战争不会轻易平息。

恐慌发作在难以提前预知的时刻来袭。手指不受控制地发抖，被箍牢攥紧的心脏想要挣脱，全身失去劲力。只能立刻蹲下，或者跪下，甚至想要就地躺下。无论当时在哪。在家，在马路上，在临时停靠的地铁站台，在某个公开活动现场。失去维持体面站立或行走的能力。同时迸开许多裂口，遮不及，也补不及。无助地想要哭泣，尖叫。笨拙慌乱地向陌生人寻求帮助，请他们给我一颗糖，帮我倒一杯水，握住我被虚汗浸得冰凉的手。一定是低血糖，没事的。我安慰自己，也这样和别人解释。只是偶然罢了。害怕被旁人看出这个人是真的出了什么问题。我清楚，只要缓过去，就又可以打起精神，好像什么不对劲都没发生过。

我把这些脱轨时刻视作偶然，它们不会影响本该完成的工作，那是我的职责。我一次次把自己拽回电脑前，我所认为的正常时刻。那几个月我正负责一项全新的工作内容。我热爱初生的事，它起始于无数亟待解决的问题,有无数等待学习的新知。多么让人激动。没有困倦,速度不可以慢,不允许不知道答案,用最快速度找到最优解。我享受在一个又一个紧急状况中穿梭,并因此获得认可的时刻。多么棒啊,一个多么值得信赖的工作伙伴,几乎没有她不能解决的问题。问题永远有与之对应的完美解决方案。无止尽的待办清单划掉一项一项一项,编织出无所不能的幻象。

直到终于无法再勉力工作,我不得不提出离职。旁人表示理解和担忧,这更增加我的内疚。

被迫休假的起点,是 2020 年春天。那个春节我原本预订了前往日本的邮轮,想带母亲去旅行。我什么都没有同她说,和以往一样认为一切可以被我隐藏得好——无法顺畅进行的呼吸,被迫提出的工作暂停。她无需担心任何事,我会维持得好"正常"面目。不会太难。

但整个世界的"正常"竟然也被同时停止。更庞大的荒诞笼罩着我们。

计划好的行程全部取消,我与母亲被困在上

海。每日需要应对更多全新问题，更多未卜命运。维系"正常"的速度逐渐跟不上溃退的速度。大年初一早晨我躺在床上哭，一部分出于对母亲的愧疚。我让她被迫与我困在远离家的地方，没办法照料好她，也快没能力掩藏自己的无助。眼泪接连不绝落在枕头上。母亲坐在床侧的矮凳上皱眉。那个永远不愿顺她心意的女儿，几乎是成年后第一次在她面前展露脆弱。大抵彼时的混乱也越过母亲能够承受的限度，最后她只说，大年初一哭，这一年运气都不会好的。她同我一样不熟悉这个局面，意图用另一重权威止住漫溢的失控。

母亲说的一部分对。被困上海一个月后，我们设法回到南方家乡，无法控制的事越来越多。情况确实没有变好。

几乎每天早晨醒来，心跳毫无征兆地跃至正常心率之外。所有血管被升温的血液涨满，血管壁躁动地砰，砰，砰。我听见肾上腺素的啸叫，仿佛皮肤仅凭自身的震颤就能把附于其上的薄毯弹动。有什么东西想奋力冲撞出来。它想穿破我，替代我活。白日成为一种折磨，提醒我嘲讽我除我之外的世界开始启动新一轮回的正常，而我只能躺着。起身，喝水，吃饭，最简单的动作都是对体力和精神的巨大消耗。镜子里的我脸色蜡黄，眼袋黑垂，想努力挂出一些表情，脸上肌肉因被勉强而微微抽动。多么渴求那种正常。正常地呼吸，正常地进食，正常地行走，正常地说话，正常地工作。而不是被困住，动弹不得。一切正常不再被允许，身体内部时时上演失序的狂欢。让我们把她以为的一切正常都拆毁吧，狂欢的队列厉声大喊。教她瞧瞧究竟什么才是正常。正是此刻她无力忍耐的东西。

手心湿漉漉的。肩膀到大臂到小臂到手掌到指尖，每一缕肌肉纤维都紧绷。大脑飞速运转，又说不清在运转着什么。一切模糊。

像一匹灰狼。有利爪，动作迅猛，行事狡黠。每次降临，它都会变换伪装与戏弄的方式。冷不防将我从望不清地面的高台推下，极速下坠。把我逼入一座黑暗厂房，数不清的形制不规则的扇叶同时高速搅动，巨响与风流穿透我，但往任何一个方向移动都可能血肉模糊。引诱我进入甬道永远走不通的迷宫，屏障变换形状，脚下沙砾锋利，罗刹幻影憧憧，倒计时尖峻的滴滴声音在耳后紧逼。我不知道它什么时候来，会为我造出怎样的境态。拼命逃。拼命挣扎。不敢看它，用不足够的力气与之抗衡，企图将其压制，驱赶它。哀求它，咒骂它，又恐惧它。没有任何一种方式能够吓退它。不断在房间里挪移，改变姿势，但没有任何一个位置能收伏躁动。它从容地盯着我，越靠越近，近到能够听见它依旧平稳的冷酷鼻息。最后，大汗淋漓地溃败，赤条条瘫在废墟上。而它早已无视我的惊惶，潜行隐没。它的胜利多么轻易，衬得那些指向虚空的抵抗滑稽可笑，毫无意义。

到底什么才是有效的，还可以做些什么。疲惫绝望。它会一直持续吗，还有可能恢复"正常"吗？一整个月我都没有力气去想。只是机械地挨时间。进食维持生命，被动等待交战时刻的到来。

"下次你要不要试试，在那个难受的状态里多停一会儿，看看会发生什么？"心理咨询师在屏幕那头说。我摇头,不认为这可行。他根本不可能知道那种感觉多么恐怖,才会轻松说出这样的建议。事实上我对我们之间对话能够产生的作用,也不抱太大希望。上一次咨询在一年多前中止,那时我无法容忍自己在咨询室里向他重复讲述相似困境。我讨厌那个怯懦的自己,假想他会审判我。一次次讲述,一次次下定决心,却一次次失败。这次也可能并无不同。

痛苦是弱的耻辱柱。难以解释来源的痛苦标志着更无可救药的无能。弱和无能没有资格得到奖赏。它们不制造,不生产,搅扰心绪。它们是杂音,需要被消灭,或至少被隔绝。哭泣不能解决问题,行动才是解药。慕强的颂歌高悬头顶,它赞美力量、胆识、成就,对这些词汇的反面投以鄙夷。讽刺的是,如果一个人将这些奉为圭臬,注定将被所恐惧之物围剿。

"做不到也没关系,试一试。"咨询师继续说。

除了试试,似乎也别无他法。一边怀疑,一边用新的方式对待它,没有经验,也无信心。再次企图从失措中逃遁时，我艰难地尝试停在那里，说服拉拽身体留在让它恐惧的位置。忍耐。再多一些忍耐。感知剧烈心跳的节奏和强度，不去评判它是否超出正常范畴。一只手的指甲深嵌在另一只手的掌心，用刺痛把身体铆在原地。一个夜晚。两个夜晚。一个在凌晨醒来想要尖叫，捏紧被单说服自己等一会儿再等一会儿的夜晚。一个透过半掩的窗帘看马路对面工地彻夜不灭的黄色灯光的夜晚。尽力平静地注视灰狼，任它变换形态施展攻击，发出挑衅的叫嚣。来啊，不要假装无动于衷，来解决我，来追赶我，来与我搏斗。你总得做点什么来阻止我。我尽力不去听，只是待在那里。

躁动逐渐收敛。

恐慌一次比一次更轻，灰狼造访的间隔也越来越长。渐渐地，能够出门，去附近的江边散步。龙眼树沿步道向前延伸，环卫工人踩在浅水边缘，捞出被江浪打来的塑料袋、矿泉水瓶、酸奶瓶，堆在长满杂草的斜坡上。钓鱼的人守着长长的鱼竿。江里有几棵树，只有树冠露出江面，白鹭停在上面，一动不动。江水在白鹭身下缓缓迁徙。

试试看，不要逃跑，待在那里，做不到也没关系。后来很多时候，我常想起这句话。在预感身体即将失控跌落下去的边缘，努力让混乱的呼气和吸气变得悠长。

• • •

但重述仍然是困难的。重述承担着某种严肃的义务，有义务勾勒状况全貌，也有义务讲清缘由，让出于关切的担心安息，让纯粹的不解得到能被说服的答案。可至今我都无从得知，究竟是什么导致持续将近一年的混乱，停摆。无论它被称作焦虑症或是别的什么。像高速运行的列车，停不下来，只能眼睁睁看它撞上一面墙，一切撞得粉碎，被抛出车厢。我这样与咨询师形容这场无法止息的失常。它用一种极端的方式让我停下。停止每日把自己塞进交通工具送到办公位，停止高速运转解决没有止境的问题，像以复杂状况为食的饕餮，遇到愈棘手的事态愈是兴奋。

这就是缘由吗？该归罪于什么，是一次加班熬夜，还是某次严重的肠胃炎？是现代工作制度对人的异化，还是资本世界对效率的无限追逐？是我对无所不能的渴望，还是究其根本就是这个个体无需辩驳的孱弱？

结果是唯一所见，只能以它为起点往回倒推猜测原因。但循着一条逻辑严密的、清晰确凿的脉络向前追溯是几乎不可能的。任何的言之凿凿都是事后建构的结果，千千万万种可能性中人最愿意信以为真的其中一种。像战争发起的由头。埃莱娜·费兰特写道，那些最难讲述的事，是我们自己也没法弄明白的事。有时断裂就是发生得如此突然，难以理解。如同暴发的疫病。雪崩。金融危机。大批在海滩搁浅死亡的鲸。我用力凝视凹凸不平的截面，试图从纹路中勘出蛛丝马迹，终究徒劳。我手握的唯一真实，只是截面本身，以及随断裂而来的所有感觉。

又或者，我确实该一周三次躺在精神分析师

的诊疗椅上，在私人记忆史的幽暗洞穴中奋力掘进，排查暗雷，避免重蹈覆辙？还是说，就选择相信它是宿命的巧合，早就镌印于出生那刻宇宙时空锚定的星图？是我。是我所生活的当下时代所涵纳的所有进步与所有欲念。是世代人类共享的集体经验、共同记忆中，被荣格称作集体无意识的某一深层心理结构的结果。是这一切的合集。

我不可能穿越得克萨斯州的风暴找到在巴西扇动翅膀的特定的那只蝴蝶。我最好接受断裂与崩塌就是会如此突然地造访，宇宙运行的本质是混沌与无常。

存在一种几乎不曾突然断裂，在时间中得以存续绵延的确凿吗？

我实在很想知道。

宝格德乌拉

从海拉尔机场到宝格德乌拉，近三百公里，不间断地开，车程也要四个小时。途中有个大转向，G332国道在新巴尔虎左旗最大城镇阿木古郎抵达尽头，向西北拐入新巴尔虎右旗。索伦浑迪、惠音希勒、巴音诺尔、阿木古郎，沿途这些字节组合的含义难以破译。

但车程四小时几乎不可能。横亘牧区的公路严格限速在七十公里每小时，频繁穿过散落公路两侧的牧区嘎查，蒙古语意指村庄。牧群在路上、道边，从喧闹的村庄中心穿过，减速避让人与牛羊，导航上剩余公里和时间数字落得极慢，让人焦躁。在阿木古郎改转方向时，已近晚上七点。导航显示距终点还剩一小时，九十七公里。与穿越新巴尔虎左旗人畜聚集的燥闹不同，转向之后便进入巴尔虎草原，平坦无际。没有嘎查，没有牧畜游荡，像穿过某个无形结界，心骤然沉落下来。

八月，太阳仍落得迟，金色日光从天空低处笼向大地，比正午时照得更广，更远。一切静寂，仅对人类听觉而言。分明有悠长恢弘的声响在天穹野旷震荡。这声响让一切边界模糊，变得柔和。又不全然如此，日光在云团的边缘变得坚决，锋利。强势的音，近乎出神地穿过荒原巨大的金色梦境，神灵宽阔的居所。

临近终点，天际线的轻微凸起在蓝紫色天幕中缓慢浮显。是山。

用蒙古语念宝格德，重音在首字"Bo"，气流猛地冲破唇隙，而后舌尖轻弹前腭。清晰，短促，确定。宝格德，神圣的。乌拉，山。神圣的山，圣山，呼伦贝尔草原最重要的民间祭祀地点之一，相传已有数百年历史。但抵达这里之前我只搜到极少的重复信息："每年农历五月十三和七月初三，当地牧民会穿上节日盛装，在宝格德乌拉圣山，举行堪称呼伦贝尔大草原乃至内蒙古境内规模最大、最神圣的民间祭祀活动，祈祷圣山保佑草原上生灵兴旺平安。"类似介绍常见于景点门口的巨幅告示牌，因过于肯定显得真假难辨。旅人需要这样精炼的笃定，证明此处确实值得专程前往。

四处求证无果，直到飞往海拉尔的前夜，我才从宝格德乌拉附近一座营地的男主人口中获得确定消息：是有祭山这回事，农历七月初三，今年阳历八月十八。他们正为预约祭山前夜住宿的客人做准备。"你只能在这住一晚，第二天房间都订满了。"营地男主人说。没有关系。确认这是真实存在的传统，而非为招揽游客而造的景观，比是否有房间更为重要。

确凿的东西，也许是能够在漫长时间中存留下来的东西，自然形成并被某个地区的人们自愿坚守，而非因为任何外力强迫。经受住了考验。我用逻辑这样推断。共享的认知、象征、情感与集体记忆，在共同仪式中被一再唤醒、强化。人如何能够长久相信无定之物？必然有一些确凿的东西存在，被无条件信仰的坚定存在，无论他者能否理解或认同。好比列维-斯特劳斯在《忧郁的热带》中所记，巴西土著部落博罗罗人的村庄被建造成几个同心圆圈，象征社会宇宙，与包含天体与气象的物质宇宙同构并存。爱德华·埃文思-普里查德发现非洲阿赞德人在日常生活中信仰毒药神谕，给鸡喂食一种用森林爬行植物制成的红色粉末与水混合的糊状物，以鸡死亡与否的结果判别自己放在神谕前问题的答案。

如果一个族群长久生活在与城市生活截然不同的土地上，他们与土地之间将会存在更恒久的、坚实的、一种现代文明所无法塑造和想象的关联。他们更有可能掌有关于确凿的秘密。

这听上去实在迷人。

·· ,·

抵达宝格德乌拉附近的营地已经很晚，在四十公里外的市区采购的营地男女主人，通过视频指引我找到正确的蒙古包，自助住下。再晚些，他们给我带回一块羊肉做晚餐。一大块，相当于一只肥硕的成年家兔。袋里除了羊肉，还有一双筷子，但完全派不上用场。这块硕大羊肉肉质紧实，无处下筷，只能双手捧着啃食。用牙咬住一处，沿着纹理撕扯，像兽一样用力，才是正确吃法。

拿到这块羊肉之前，我躲在车里给这对夫妇打了一通电话。

"喂，您好，请问你们的蒙古包不是封闭的吗？有很多虫。"

根据指引入住后，我打开灯，在房间收拾东西。劈劈啪啪的撞击声，黑色的带翅小虫从顶部窸窸窣窣落下，掉在床单上、地板上。撞击和掉落持续了半小时，拿出驱蚊喷雾满屋喷洒也无济于事。情况不太妙，我出门躲进车里。

"噢，没事的！把灯关上就好了。"营地女主人在电话那头大声说。

"我关了，可是还有……"我回到房间把灯关上，黑色小虫仍然掉下来，继续爬行。

"不要急！一会儿就没事了！"营地女主人挂掉电话。

人在车里，往外望去是暗夜，什么都看不清，世界静谧。但只要有丁点灯光，哪怕是手机屏幕微弱的亮光，就会清楚看见实际上围绕你的究竟是什么。很多虫，不同的虫。长腿的像蚊子一样的飞虫，小的黑背虫，大的黑背虫，宽白翅膀的蛾子，密密匝匝冲向汽车玻璃内的光源方向，在平滑玻璃表面飞速爬行，爬向边缘，挤钻，寻找能够钻进来的、离光源更近一些的缝隙。被本能驱使的狂热。清楚看得到它们的腹部，纹理，大小，坚硬或柔软的质地，贴合在玻璃之上。我打开雨刷器，塑料杆尽责却无助地摆动，在挡风玻璃上留下一些残渍。很快又有更多飞虫扑上来。

坐在车里看着那只漆黑的蒙古包，想象前半个小时飞虫不断进入的撞击声，突然意识到一个巨大的幽默。这个亮灯的圆顶房子不是牧民可移动的住所，而是专门建给访客的对草原生活的模仿。木头框架搭成蒙古包的尖顶形制，通水通电，有马桶和热水器。房间顶部是透明天窗，小虫大概就是从玻璃接缝里钻进来的。它亮起来的时候多像城市公园里的灭蚊灯。宽阔草原上，一只巨型蚊虫收集器，我与蚊虫自愿进入其中。

在车里躲了半小时，营地男女主人回来。"有蚊香，我给你拿。"女主人把羊肉递给我，转身出门。再一会儿回来，她手里拿着几支线香，点燃，顺手斜着插在墙上两孔插销的孔洞里。

"这插座，通电了吗？"我问。

"通的啊。"

"这么插没事吗？"

"噢，没事。记得关灯。"

蒙古包里虽然通了电，但其中一个插座高悬于墙的正中央，用来连接什么充电设备都太远。也是，用来做香插正合适。两根香燃了一个小时，不再有飞虫。

这是靠近圣山的第一夜。

第二天的早餐仍然是羊肉。营地女主人递过一把蒙古刀,示意我用来切盘子里的肉,配饼吃。还有一碗奶茶,冲得很淡。

"每年两次祭山。第一次五月十三,是为了祈雨,七月初三这一次相当于还愿。每年就这两次叨扰圣山,祈求长生天,谢谢长生天。其他时间,人就不来了。"她同我解释祭拜的规则。

"你过来的时候是不是没看见坟墓?"她接着问。

"你是说汉族那种一个一个的小土堆?是的,没有。"我说。一路开来,见到的第一个高于地平线的凸起,就是宝格德乌拉。

"对。你发现没,我们蒙古族是没有坟墓的。人死了之后不会放,有的下午或者第二天就下葬。在草原上挖一个斜斜的坑,把人用布包一包放进去,然后用马踏平。每年祭拜的时候对着天地洒洒酒,就算祭拜了。

"再早之前也不是这样，人死之后放在拖车上，满草原甩。那时草原上还没有围栏，哪都能开，人掉到哪就算葬在哪。前几天有人结婚，去祭拜父亲，不知道具体葬在哪，只能在大致的那个区域祭拜。到现在还是这样。

"不过我是科尔沁蒙古族，我们还是要火化的，但骨灰撒到河里去。"

营地女主人一边熟练地切肉、饮茶，一边平常地谈起这些事，没有矫揉的回避忌讳。

回溯史料，蒙古族人对宝格德乌拉的祭拜有将近三百年的历史[①]。宝格德乌拉所在的新巴尔虎右旗，与邻近的新巴尔虎左旗、陈巴尔虎旗都是巴尔虎蒙古族的聚居地。巴尔虎是历史最久远的蒙古族部落之一，作为部落名称最初在《蒙古秘史》中出现，是1207年成吉思汗长子术赤所征的、居住在贝尔加湖畔的"林木中百姓"之其中一部，而后

---

① 可参见《世界宗教文化》（2011.10.15）中红梅所撰的《蒙古族敖包祭祀诵经音乐中的藏传佛教蒙古化因素——以呼伦贝尔市宝格德乌拉敖包祭祀仪式为个案》。

跟随成吉思汗游牧征战。

雍正十年（1732），清朝政府调遣如今位于蒙古国境内、喀尔喀蒙古车臣汗部的巴尔虎人进入呼伦贝尔草原，按照八旗制编为索伦两翼八旗，以抵御沙俄入侵。按照迁入的时间顺序，先迁入的是陈巴尔虎人，后迁入的则称作新巴尔虎人[①]。也有学者认为，新旧区分并非根据时间，而是宗教信仰，在喀尔喀蒙古车臣汗部接受佛教信仰、放弃萨满教传统的巴尔虎人，被归为新巴尔虎人[②]。宝格德乌拉被当作圣山祭拜，也是在巴尔虎蒙古族迁来之后。

也许是为了增加宝格德乌拉作为景点的传奇色彩，民间还流传另一个版本的故事。相传成吉思汗西征时，曾被敌军逼至宝格德乌拉脚下，全员疲累，只好登山躲避。然而成吉思汗与将士刚刚上山，追兵就紧随而来，他仰天长叹："难道我命该如此？大山，请保佑我！"于是云雾锁山。一个时辰后，

---

① 可参见 2010 年第 4 期《北方民族大学学报（哲学社会科学版）》兴安所撰的《巴尔虎蒙古族历史记忆与认同实践》。
② 可参见中央民族大学张宝成博士论文《磨合与交融：呼伦贝尔巴尔虎蒙古人的民族认同与国家认同研究》。

援军抵达，成吉思汗挥动令旗，转败为胜。这一天是农历七月初三。于是成吉思汗为感谢宝格德乌拉庇护，封其为圣山，并率领将士祭拜。许多年过去，草原受灾，人畜伤亡，几位老人记起圣山传说，与众人前来祭拜，祈祷风调雨顺，生灵平安。那一天是农历五月十三，草原此后也恢复了往日丰茂。

但真相是什么，只有穿越时间才能知晓，或根本不存在定论。人如何编排它的历史和故事，山有什么所谓。言语另有所图，真正的尊仰没有条件，无需前提。死后埋入草原，骨灰投入河水，不设碑牌，肉身归于土地。祭拜圣山与敖包，草原上的人对自然与生命有迥然不同的理解。支配一切的长生天，孟克腾格里。赐予万物形态的大地，亦图根噶扎尔母神。万物有灵的萨满信仰。日月、山川、雷电、雨雪，均是有灵存在，或由腾格里主宰。

人与万物顺天而生，而灭。

抵达宝格德乌拉的第三天，就是农历七月初三，祭拜的日子。祭拜前夜没有空余房间，营地男主人建议我在山脚下露营。

七月初二，雨从清晨开始下。不大，断断续续。午后，间或有车离开国道，驶入通往宝格德乌拉的唯一道路。我也跟着车流往圣山去。下午三四点，宝格德乌拉北侧草原已停了一两百辆车，在山脚下密密麻麻地排。没有指引，车辆自觉从距离主路最远的边界开始停靠，有序地成行成列，留出充足的回转余地。草原常见的SUV、皮卡，车与车之间有空当，早到的人家搭起帐篷。很难不震撼于这自发的有序。

开皮卡的，车上能运更多货物，有带摩托车的，有带马的，还有带羊的。摩托车和马是更便捷的短距离交通工具，从停车区域的最里侧走到宝格德乌拉入口，要经过至少四五十辆车，走上几分钟。从车里钻出来的不会只有两三个人，而是一大家人，五六七八个，甚至十来个，不少是需要搀扶的老人。几乎所有人都盛装，穿着颜色艳丽或设计新式的蒙古袍。下车第一件事，是拿出瓜子、牛奶洒向草原，向宝格德乌拉的方向合掌鞠躬。叨扰啦，土地，叨扰啦，山。物产取自于你，将它们祀奉与你。

而后开始搭建帐篷，拿出便携桌椅，用于烹饪的炉灶、烤盘、煮锅。大一些的家庭，搭起像房子一样的帐篷。带了活羊来的，羊就是晚餐，男人们把车开到旁侧，把缚住四蹄的羊拖下来宰。拿出带来的蔬菜，锅碗瓢盆摆在台面上，女人们开始忙碌。你不知道这些人从哪里来。是附近市里或村里的居民，还是从更远的城市来，比如需要开四五个小时车的海拉尔。他们是何种身份，科尔沁、巴尔虎、布里亚特还是其他叫不上名字的蒙古族分支？他们是牧民，还是已经定居城市、无需再与动物和多变天气打交道的城里人？他们神色中流露着郑重。这不是一场因为天气好随性而行的郊游野餐，而像郑重地把家暂时搬到山脚，郑重地准备晚饭。山脚下的临时停车场，就是几百个蒙古族家庭临时搬来的家。

天气变得很快。临近傍晚时刮起狂风，帐篷

被吹得砰砰响。下起暴雨。人简单收拾摆在外面的物件，躲进车里帐篷里。雨下了一会儿又停，彩虹浮现在北面天空尽头，土地将雨水快速吸净，太阳显身，地面几乎没有落过暴雨的痕迹。人们从庇护里钻出，再次忙碌起来，好像没人担心如果彻夜下雨怎么办。会降下暴雨的云行到远处。闪电在云里突现，在天际线的上方，挟在粉紫的晚霞里。很远很远。一种确定的，这天地间的一切都彼此相连的静。刚刚降下的暴雨，云层中的闪电，在远处将下的暴雨，光在水雾中折射出虹与霞。一切都无遮蔽，都无掩藏。

天色在晚上七点左右暗下来，这座临时停车场里停了数百辆车。数百个家庭。人们用我无法明白的蒙古语交谈，在帐篷边围坐，吃肉，举杯，好像只是一顿平常的家族晚餐。没有人过分喧闹，放嘈杂的音乐。没有狂欢的必要，没有因压抑而不得不在野外被释放的躁动。

不到九点，人们纷纷回到帐篷，灯光熄灭，入睡。我的帐篷搭在并不平整的草地上，睡得不太安稳。但睡在贴近地面的地方,没有玻璃顶棚和人造电灯,这一夜反而没有蚊虫造访。

凌晨四点。

人影模模糊糊晃动。天与地的边缘清晰,微微发红。头顶是微微的青蓝色,光线勾勒出云的形状,但地面仍被重的暗覆笼。拆卸帐篷的声音,碗碟撞击的声音,把箱子塞进或甩上汽车的声音。马嘶鸣的声音。人们应当在更早的时候就已经醒来,收拾行装,穿戴整齐,往宝格德乌拉的方向去。

从停车扎营的地方上山,距离宝格德乌拉的东侧入口不过几百米,斜坡缓缓攀升,草高至小腿。

站在山坡上往下望:身着蒙古袍的人们三三两两,从山脚黑帐的各个方向漫上来,缓慢的潮水。看着山的方向:有人在途中停下,双手合十举至眉心、鼻尖,在草中跪下,朝山拜。眉眼安定,神色虔静。行动迟缓的老人,也牵着手相扶往前,向山。

站在"潮水"中间,有无需言语的庄重。那些被蒙古长袍卷裹的身体,似乎有无数丝线将他们相连。不仅在当下彼此相连,也与同时存在于他们血脉之中的祖辈经验相连。每一根丝线同时也与天空土地连通。想起开往圣山的路途，在平坦大地上行进，初始的开阔舒畅很难不转为对天际线无限笔直的焦虑，目光渴望起伏与曲线。精疲力竭不仅源于身体的疲惫，更是单调重复对耐心的消磨，乃至绝望。哪里是天边，哪里是尽头，我是否被遗忘于这广袤之中？视野内突然出现一座山，很难不视之为某种神迹、某种救赎。神灵展开臂膀，终结被抛于广袤的绝望。人有所依托，忆起迷途羔羊的来处与归途。第一位向圣山躬身祷告的人，也有这样的感觉吗？我妄自揣测。这不是我熟悉的土地，不是从我的祖辈那里延传而来的习俗，但那些丝线也仍柔和地落在我身上。山对人的召唤无需知识学理，只需人站在那里。

　　金色的霞光越来越亮，云像被烫红的纱团。地上的暗被驱走一些，人影越来越清晰，辨得出年龄与袍子的颜色。直至太阳升出天地边缘。山醒来。宝格德乌拉变成金色。一切都是金色。草，围栏，木牌，敖包，石头，人的身体和脸。

神灵降下金纱。那是山的语言。

虽然人会借山的名义,说别的话。两座山峰,一高一低,只有男性才能登上高的那座,沿着栈道到顶。石头垒成的敖包,插着柳条。女性多在入口处的大敖包顺时针转圈,口中念词,手里洒牛奶、点心与瓜子。"民俗禁忌:女性禁止攀登主峰。"两块巨大的木牌立在门口两侧。

假使我们这样相信,山的神灵对万物施以同等的爱,包括人。如同金色的晨光不加区别地包裹每一个生灵。神灵会这样区分许与不许,筑建区隔与壁垒吗?

, , , ,

祭拜当天还有其他活动,用汉蒙双语进行公示。

一、搏克
1. 依俗,摔跤 256 名搏克手。
2. 搏克手于 2023 年 8 月 18 日上午 10:00 开始报名,11:00

开始摔跤。

3、搏克手搏克服要求齐全。

二、赛马

1.成年马（35里）、五岁马（30里）、四岁马（25里）、三岁马（20里）、二岁马（15里）等5种赛马，不分品种，按年龄段参赛[①]。

2.在宝格德乌拉山赛马道进行比赛。

3.2023年8月18日凌晨4:00开始，各年龄段的马依次进行比赛。

4.所有参赛马均在围栏内侧比赛，吊马师要在围栏外侧跟赛。

三、通克射箭

1.比赛项目：传统弓射箭比赛、现代弓射箭比赛成年组、现代弓射箭比赛老年组（60周岁以上的老年人）。

2.比赛时间：现代弓（成年组）射箭比赛于2023年8月17日14:00开始进行，其他射箭比赛于2023年8月18日10:00开始进行。

3.授予称号：由呼伦贝尔市射箭协会为优秀射箭手分别授予"精英射手""明星射手"称号，并颁发荣誉称号证书。

---

① 1里=0.5千米。成年马赛程17.5千米，五岁马赛程15千米，以此类推。

四、喜塔尔比赛

……………

七、注意事项

1.赛马比赛所有骑童要上安全保险，骑童要戴安全帽，若无保险、无安全帽，不得参加比赛。

……………

我只赶上了搏克。

"你怎么不去报名？不是蒙古族人也可以报名的。"一位戴着布里亚特式尖顶帽子的女孩，拍了拍旁边的男士。他摆摆手。

"你去嘛，摔跤，可以感受，对方的，身体。很有趣。"蒙古族姑娘的汉语不算流利，汉字在口齿间打转，勉强搓成形状从舌尖递出来。

搏克场地在山下一块平整草地。观众围于四侧。搏克手们脚穿蒙古靴，身着仅仅套住两只上手臂和腰的搏克服，肚子突出。两两一对，在场地中间较劲。被摔到地上的失去继续对战资格。直至场中最后一对也决出胜负，一个回合结束，观众中响起叫好声。

结束赛马比赛的骑手，骑马从人群之后经过。马尾扎着漂亮绳扣。

白色蒸气在山坡入口西侧的帐篷边升起，那是祭拜结束的去处。肃穆在这里融化成人间的喧闹。净化后的食物摆在桌上，茶水在锅里，需要的人自己取瓷碗盛。更多的笑，握手，拥抱，久别重逢。僧人持祈福香粉，在帐篷里等待信众。

接近正午。祭拜结束的人们下山，在坡上与圣山拍合照。山下的车渐次离去。这一年对圣山的叨扰，告一段落。

站在宝格德乌拉面前，我也合掌，闭目，向山而拜，在心里与山说话，认定山听得见。身上穿着一件深蓝色棉制的蒙古袍，这是前一天因为太冷，向山脚的一家摊贩买来的。蒙古族妈妈替我扎上腰带，勒得快喘不过气。"就得这么紧，才好看。"蒙古族妈妈说。

埃平森林

虽然长于城市,所幸童年记忆中还是有许多树。大院外的马路两侧都是香樟,也颇有些年头,树荫将天空缝隙合拢,道路是无尽的绿色拱廊。有年夏天闹樟蚕灾,手指粗的绿色带刺毛毛虫挂在树上,连着丝线垂下来,放学回家需要穿过毛毛虫森林。它们掉在地上,一踩就是一摊绿水。

城市里的植物与动物按照人的需求编排。暴虐的台风天偶尔会打破秩序,吹断枝条,树木倒伏,香樟的断面散出诡谲香气。街道变成不便通行的丛林。有时也不需要台风。一日家里停水,才知道是附近一棵香樟毫无预兆地倒地,阻断马路。树根把人行道的砖面翘出大洞,压断市政地下管道,水流喷涌。有人说是树冠太沉，有人说树根早有松脱迹象，总之倒地是迟早的事。

院子里有座小坡，顶部生着两株大榕树。一株稍大，一株瘦些，它们树冠所覆区域比山下篮球场还要宽阔两三倍。大的那株榕树在离地面不远的地方有个分杈，小孩子也可以轻松爬上去跨坐，身子朝前趴着抱住树，像骑一匹马。它下方的主干，要三四个成年人才围得过来。入夜，我们在坡下篮球场边的铁秋千上晃，两只小手紧紧抓着铁链，一搓鼻子满是铁腥味。

"树下有个神秘洞口，上次我就钻进去了。"

"是吗？看到了什么？"

"看到……"

听完回家绕着榕树走，怕掉进树洞，也怕看到什么从洞里钻出来。但第二天又全忘记，兴致勃勃地往树杈爬。

每年回家乡，我都会特意去看两株榕树，摸摸它们，在树下坐一会儿。前几年榕树被保护起来，钉了铁牌。牌上写着它们的估测年龄，二百三十七岁、三百五十五岁。它们的存在让人感觉安慰，我的童年玩伴是两株古树，它们比我祖辈的祖辈还要年长，它们的根须网络或许比地面之上可见的树冠还要宽阔。无论什么时候去看，它们都在，粗糙坚硬的表皮布满瘤结。

离开宝格德乌拉一年之后的夏天，我钻进位于伦敦城市边缘的埃平森林。这座至今仍保留铁器时代人类活动遗迹的古老森林，与全世界最繁华之一的城市共存。

在进入森林的前几天，我赶上一场盛大的环保游行。根据后来的数据统计，这场以"Restore Nature Now（现在起修复自然）"为口号的抗议行动，总计吸引超过六万名参与者，超过四百家大大小小的公益环保组织。"英国有史以来最大的环保集会！"组委会在给参与者的邮件中写道。

相当盛大。我艰难地在海德公园游行起点密密匝匝的等待人群中，搜寻埃平森林遗产信托基金会的旗帜。他们在游行队伍的第一方阵：森林区。

这场游行更像一场郊游，在伦敦市中心散步，从海德公园出发到毗邻英国议会大厦的国会广场,全程一小时左右。人群之中不仅有环保组织的工作人员,也有不少孩子和老人。有把自己装扮成一棵树、一只蛾子、一只蝴蝶的,有手里举着自己绘制的海报牌的,有制作大型纸偶的——濒危的鸟类、海洋生物。马路两侧,甚至围栏、路灯上,间或站着摄影师或现场报道的记者。镜头让游行人群更热烈地喊出口号:"Restore Nature Now(现在起修复自然)!""More Birds,More Trees(更多的鸟,更多的树)!"

第一次参加游行,我对一切都新鲜好奇,惊讶于人们对环境保护行动的热情,以及在装束与标语中投入的创意。像一场庆典,而不是满怀愤怒的抗争。但我天然地怀疑一切口号。"现在起修复自然",修复自然难道是现在才紧迫的事吗?

这场游行恰好发生在英国大选之前,因此诉求与政治决策有关,他们试图对下一任政党喊话:给予自然与气候友好型农业更多支持,让污染制造者做出更多补偿,扩大自然保护区域,寻求更公平有效的气候行动。最后一项诉求涉及人与自然的关系。做出更有利于自然保护的决策,提升公共健康水平,让人们能够接近更高质量的自然。

游行后的第三天,我去做当周的森林保护志愿者。活动预告上写着,那天的带领人叫尼克,是有超过三十年从业经验的环境科学家。

有空在周三来森林工作的都是住在附近的常驻志愿者。两位女士,两位男士,还有一位大概只有二十出头的年轻男孩。尼克和大家交代一会儿要去的区域和要做的工作,转过头来和我说,现在听不懂没关系,一会儿到了地方就知道了。小客车载着大家从集合地点出发,驶入森林。

森林主路可以行车,但进入森林内部只能步行。禁止骑马、禁止自行车的标识挂在一些入口处。森林里只有依稀看得出修整痕迹的土路,要往土路之外的地方走,只能凭经验。森林里树木的间距很宽,有许多橡树、山毛榉树、鹅耳枥树,似乎每株都很有领地意识。但我认不得每棵树的种类,只能靠尼克。

"鉴于你们是第一次来，我还是要介绍一下。看到了吗？这棵橡树在这里分杈，是因为它被砍过了。"尼克在一棵两人才抱得过来的大树前停下，示意我们看它的分杈。在比人略高一些的地方，依稀看出中间有个历时已久的截面，枝干从周围一圈横分出来，再往上长。

"以前的人会在这个位置砍树，取用木材。因为位置足够高，新长出来的枝干不会被动物吃掉。还有另外一种方式是贴着地面砍，新的枝干就会从树桩周围再长出来。"其他志愿者纷纷补充。对他们而言，这是森林里的常识。许多树都有在根部或一人高处曾被砍断的生长痕迹。那些有几百年甚至上千年历史的古树，因曾被砍成贴近地面的树桩，不能顺直生长，如今看起来像七八棵树密集地长在一起，共享同一根系。

在埃平森林遗产信托基金会的官方网站上，对人类开始在埃平森林里砍伐、取用木材的时间追溯到了一千五百年前，盎格鲁-撒克逊早期。比那更早一千多年前，这座森林里也有铁器时代部落修建的防御工事。如果没有特别说明,两处距今两千五百年左右的遗址现在看起来只是地势略有起伏。

官方报告中写,埃平森林的保护目标是:"永久保护埃平森林的繁荣和生物多样性,让它作为一个提升公众健康、得以休闲娱乐的开放空间。"

一座有数千年历史的古老森林,距离世界上最早开始工业革命的现代都市之一如此近,距离人类如此近,已不可能作为一座原始森林来保护,禁止人类进入,让植物与动物自然生长。前往埃平森林的铁路在 1865 年就已开通,20 世纪地铁路线将这段铁路纳入,从伦敦市中心前往埃平森林只需一个小时。

一座长久以来被人类改变影响的森林。

, , ˚ ,

尼克领我们来到一片开阔草地。

"这就是阳光平地了,"天气很好,尼克站在草地上说,"没错,很阳光,也很平,就像它的名字。但我们可以把这块地变得更平一些。"

走到一簇蕨类植物旁,尼克开始讲解今天的主要任务:拔除欧洲蕨。欧洲蕨非常容易迅速扩张,覆盖整片地区,阻碍其他植物的生长。扒开欧洲蕨宽大的叶片,低矮的帚石南(heather)一团一团缩在下面,像一丛丛珊瑚。尼克告诉我们,阳光平地是一片被森林保护团队划定的区域,需要清理范围内的欧洲蕨,减少它们对帚石南的影响,保护物种多样性。帚石南是蜥蜴和其他小型爬行动物的栖息处。

尼克演示如何完整地拔除欧洲蕨:用手捏住尽量靠近根部的茎,向上用力,欧洲蕨的根部是水滴状的红色圆头,根须断在泥土里。

"接下来我要做的事可能会让你们心碎,但我必须这么做。"说完尼克弯下身把一株看起来像树苗的植物连根拽起。这株差不多小腿高的植物是一棵年幼的橡树。

我发出一声哀呼:"然后把它种在其他的地方吗?"

"不，就这样了。"尼克把小橡树折叠，捏在手里，"它长在了不该长的地方。这片区域里不能有其他会长得很大的树。"接下来一棵同样高度的白桦树苗被发现，尼克再次捉住它，连根拔起。那棵树苗还没长出白桦树特有的灰白皮纹。

穿戴好防晒衣、遮阳帽，戴上塑胶手套，我们就四散开来，围剿欧洲蕨。连根拔起，归拢一处，草地中间多了几堆欧洲蕨的尸骸。识别，捏住，拔起。识别，捏住，拔起。这项工作并不需要脑力，只需要依照简单指令不断重复。一个上午下来，身体看到欧洲蕨的第一反应就是除掉它。

"最近我在看埃平森林的历史，你们知道吗，这里最早是皇家狩猎场。"休息时，罗宾一边吃自制三明治，一边说。

罗宾说的皇家狩猎场是 12 世纪早期的事，埃平森林从那时起归属皇家，皇室在其中猎鹿。直到 1878 年颁布《埃平森林 1878 法案》，这片森林的管理权转移至伦敦市法团，皇家不再在森林中狩猎。维多利亚女王宣布："我非常高兴将这座美丽的森林献给我的人民,供他们永久使用和享受。"自那时起,埃平森林成为"人民的森林"。

对于东伦敦的工人们来说,埃平森林是难得的放松休闲理想去处。

18世纪起,源于英国的工业革命让伦敦成为世界上最大的城市之一。但快速集中的工业化、城市化也让人类第一次面临现代性危机——人口拥挤、污染严重、阶级分化、社会动荡,东伦敦是诸多工厂、贫民窟的聚集地——狄更斯笔下的饥饿的雾都孤儿发出哀求,"求求您了,先生,我还想多要一些"。而可以免费进入的埃平森林让每一个人,无论在城市中的阶级地位如何,都享有远离喧嚣、亲近自然的平等权利。

无论什么年代,远离城市、在森林里野餐都是惬意的。

"那天我看到一个视频,一个两岁的孩子对着一本杂志不停地戳,他还以为那是触屏。"罗宾说。其他人纷纷应和:"现在的世界太可怕了。这就是为什么我们要到森林里来,哪怕只有半天。"罗宾的午餐盒很丰富，有主食，有水果。尼克带了咖啡分给大家。劳作之后的野餐显得更可口些。

野餐结束，尼克背上长焦镜头相机去拍鸟，但过了一会儿就回来，说在附近发现了长角牛群，带我们去看。在森林中放养本土物种长角牛，是埃平森林从2002年起开始实施的物种保育行动。长角牛在森林中漫游是存在于早年间的景观。

这种牛长着漂亮的弯弯尖角，几乎要戳到脸上去。它们漫步于埃平森林，工作内容是吃草，或者用环境科学家的表述——由长角牛对森林植被进行管理。

那些原本正趴卧休憩的长着白褐相间皮毛的长角牛并不怕人。看到我们出现，站起来朝人走。人类不危险，是提供食物的对象。

"那些都是美丽的长角牛女士。"罗宾说。几天前，他曾帮长角牛管理人员在森林中找牛，对牛群熟悉。

"她们真漂亮。"我们忍不住夸赞，长角牛女士们走向我们的步态优雅。

不知谁说了一句:"在游客中心有长角牛肉卖。"

被当作木材来源地,被圈定为皇家狩猎场,然后是"人民的公园"。埃平森林成为"人民公园"的一百四十六年后,我们在森林里为蜥蜴拔欧洲蕨。在拔蕨的机械重复中,我获得近似冥想的宁静,连尼克提醒该休息时仍恋恋不舍地再揪上几根。但忍不住困惑,科学家认定拔除蕨类是为蜥蜴好,蜥蜴知道这件事吗?

"很多年前我在一所公园工作,保护公园的事情都在办公室里完成,只要对着电脑打字就行。那时我一点都没觉得我做的事和自然有关。来森林之后,我才真的在自然里工作。我喜欢在自然里工作。"尼克说。他虽然并未参与阳光平地的生态研究和行动决策,确保这确实对蜥蜴有好处且有必要(可怜的欧洲蕨),但信任科学团队为森林做出的决定。

"在你看来,公园和森林之间最大的区别是什么?"我问。

"公园有边界,运营一座公园意味着要控制一切。但森林是没有边界的,你不可能控制所有地方,任何人在任何时候也都可以进入森林。"尼克回答。

不过最近尼克发现最令人头疼的问题,和森林无法完全被控制有关:有人不顾禁令骑大排量的摩托车在森林里飙车。汽车、摩托车的轮胎会对森林的土地表面造成碾压破坏。他们速度太快,森林管理人员不能同样骑摩托车追捕,无法阻止,更无法对他们进行惩罚。还有那些被随意丢弃的塑料和玻璃制品,一年可能会引起大大小小几十场火灾。

埃平森林不像城市里被精致设计和保护的市政公园,也不是完全被植物主宰以至于进入困难的原始林地。它处于微妙的平衡处。和森林历史、物种保护有关的科普被精心整理,公开发布。许多附近居民几代人都爬过同一棵树,树同时承托祖辈的祖辈、祖辈和孙辈。熟悉森林的居民知道森林中最老的那棵树在哪,或者一看树的照片就知道是哪一株,大约在什么位置。埃平森林专门开发的 App 还为游客提供了二十条徒步路线,人们可以根据兴趣探索其中任何一片区域。但所谓路线也并未被精心铺设，只是看起来有明显的人行痕迹。如果手机突然没电或失去信号，很有可能迷路。

在森林里迷路怎么办？网站给出贴心指引。

"请时刻记得问自己：太阳在哪？这将有助你保持方向感……如果你漫无目的地走了一阵子，也别慌。不用特意去思考你要去往何处，这也是埃平森林最富魅力的地方之一。这会很刺激，你将有可能找到新的地方来探索。而且当你以为自己迷了路，突然又找到了方向，这样的反转总会让人开心和惊喜。"

很高兴看到这样的建议。

照看森林的人克制住控制一切风险的欲望（或因在森林里达成完全控制确是不可能之事），提醒人不可与自然之广博匹敌，迷失是完全有可能的。但承认人类赢弱并不意味着全然的无助。可以观察太阳，握紧地图，还可以暂时享受一会儿漫无目的，以及重新找回方向的惊喜。

萨布塞多

恩和往东一百多公里,大兴安岭西麓。中国最大的原始森林。

第一次进入难以估量边界的中国北方森林。不同于南方林木的繁密,不同形态的绿色叶片从眼目所及的各个缝隙钻出,热闹喧杂。大兴安岭的林木笔直修长,落叶松、樟子松,低沉静默。恩和处于森林与草原之间的过渡地带,丘陵山地,多杨树、白桦。越往森林深处走,白桦越少踪迹,黑棕色的松林像密密匝匝的琴弦,连接天空与土地。开车穿过森林,金色落日跟随视线在琴弦之间移动,是夕阳在弹奏高耸的落叶松。隐没,复现,停顿,回响。

司机杨哥是蒙古族,听我说马,来了兴致。"十年前我在临江牧场打工,别人听说我驯马驯得好,就请我去,一匹马六百元钱。我还帮军队驯过马。但在草原上,规矩就是驯三匹马给一匹马。"

"这么划算!"我惊呼,脑海中对应起一匹马的价格。

"划算?那你不看多危险!"杨哥提高音调。

生活在陈巴尔虎旗草原,杨哥从小放牧。草原上的孩子骑马被大人往马背上一放,刚开始由大人牵一会儿马,后来不牵,自己就慢慢会了。

杨哥以草原上的蒙古马为荣。"蒙古马烈,跟生存环境有关系。蒙古马总在舒坦的环境下,在草原辽阔的环境里边,总是迁徙,没有拘束,跟森林里的马就是不一样。森林里一会儿有鸟,或者小动物啥的,总有东西,时间一长它就不会惊着了,性格也就温顺不少。"在他的分类标准里,恩和的马属于靠近森林的马,没有草原马的烈性。

这么烈的马怎么驯服?

"也不是非得用劲,都是技巧,还有胆量。"杨哥说。

在他看来，蒙古族驯马是一门传统技艺，是祖祖辈辈传下来的技艺。不是暴力。不然无法解释蒙古语中种类繁多的关于马的描述。光形容马身形的就至少八种，比如前腿比后腿短的叫跳兔型、青蛙型，这两种分型胸部形状有区别。形容马毛颜色的词汇也很多。"翻成汉话就不好听了！蒙语里边说，既好听，还很形象，挺文气。但一翻成汉语就不是那么回事儿。"

杨哥说的有技巧的驯马至少需要几天。将一群马赶进长条形的马圈，要驯哪匹就用套绳往脖子上一套，拉出来。"套马杆那都是套着玩，或者表演给人看的。"在草原上，驯马只驯三岁或五岁的马，四岁不驯是怕影响马长个头。六岁也不驯，那时马的体能已经上来，不受束缚。七岁往上，就更没法驯了，就算一时驯服也会很快反复。

马圈中间有个埋得很深的桩子，套绳一头系在桩子上，一头套在马脖上，马从圈里冲出来就会被桩子的力拽住，摔在地上。这时候牧民就上去把马尾巴夹到前蹄，把耳朵往下压，俩人配合给马的前蹄戴妨碍它行动的马绊子。完了之后放两天,不让马吃喝,把肚子里的水分和草料排泄掉,再扣马鞍就能勒得更紧。然后给马戴上笼头,让马习惯有人牵着它,不挣扎。人骑到马上。"一般蹦十来下就不蹦了,就完事儿了。"

"没有胆量不行。"杨哥格外强调胆量。

不然怎么办呢?驯服它。无论将驯服之术的核心称为暴力或祖辈相传的技巧。

* * *

在一项关于马的人类学研究中,我留意到一种不借助任何器具的驯马传统。

首先是书的封面引起我的注意。两匹健硕白马的上半身在空中腾起,耳朵向后压,摆出攻击的架势,右侧白马意图用前蹄击向左侧白马。标题赫然写着,*Shaving the Beasts*,削去野兽的毛发。书的作者是美国人类学家约翰·哈蒂根,他在西班牙北部加利西亚山区调研数年,研究那里的野马和与马有关的传统仪式。

这项传统听来有些难以理解。每年七月第一周的周末，位于加利西亚萨布塞多（Sabucedo）的村民会上山围捕野马，赶至村庄内的围场，勇士仅靠人力制服野马，并剪去它们的鬃毛与尾巴。削鬃仪式结束后，野马被放归山林，来年同样仪式再如此复刻。一些考古学家认为新石器时代也许就已存在这一仪式，也就是公元前一万年至公元前两千年。描绘将马赶至石制围栏的场景在该时期的岩画中出现。

为什么？为什么要将野马称作野兽，每年抓来削去鬃毛？为何要坚持不懈将这件事不断重复，延续数百年，甚至数千年？他们捕捉野马并非出于草原族群那样的实际生存需要——看起来更像享乐。难以想象这样一种人类与马、与自然长久以来结下的关系。是出于某种信仰，与土地某种形式的结盟，还是纯粹为彰显人类的主宰与力量？

这不是业已消亡的历史，而是真真实实仍在发生的现实。

加利西亚语中，这场仪式叫 Rapa das Bestas，野马节。rapa，动词，剔去或削去。das，介词。bestas，野兽。直译过来就是仪式中最重要的部分，削去野马的鬃毛与尾巴。除去美国人类学者的研究，在英文世界能够找到的关于野马节的资料很少，几乎全是西班牙语或加利西亚语（尽管萨布塞多所在的加利西亚地区属于西班牙，但当地主要语言是更接近葡萄牙语的加利西亚语）。光是搞清楚仪式具体在何时举行，举行地点位于何处，都费了好一番功夫。

"您好！我来自中国，留意到萨布塞多有一项非常有意思的传统，叫野马节，非常希望可以参加 2024 年的仪式。但目前我只看到时间，没有更多信息。请问您是否可以与我分享更多和野马节有关的介绍？在这几天中会发生什么，我有没有可能参与其中的一些部分并进行采访呢？谢谢！"

我在野马节的官方网站上，找到 2024 年的仪式时间，2024 年 7 月 5 日—7 月 8 日，以及一个联络邮箱。

两天后，艾德里安给我回复了邮件。

"很高兴收到你的来信,以下是 2023 年的活动流程,供你参考。从六月到仪式结束,我们整个团队都会非常忙碌。要特别提醒你的是,这里的人几乎不说英语,也不喜欢接受采访。每年这段时间都会有大量媒体蜂拥而至,大家对采访非常疲惫。我们感谢你的好奇,但必须声明的是,我们永远将对马的关照和确保仪式顺利进行放在首位。另外,这是一个非常小的村庄,无法住宿,来访只能住在附近镇上。如果我是你,我会现在就开始搜索并预订住处。你应该可以在艾斯特拉达(A Estrada)或福卡雷伊(Forcarei)找到住的地方。"

四个月后,我在萨布塞多见到艾德里安,长相干净,文气十足,一点也不像会与野马搏斗的人。

那是野马节仪式正式开始的第一天。早上七点半,村里教堂为野马节祈福的弥撒刚刚结束,人们站在教堂外的路口等待。有村民,有举着巨大长焦镜头的摄影师,也有少数游客。所有人都在用我不能破译的语言交谈。

"嘿,你还没见过最早和你通邮件的艾德里安吧？快来，就是他。"负责媒体联络的阿尔贝托把我带到艾德里安旁边，简单打过招呼之后，艾德里安立刻指着旁边的一位男士说，"这是迭戈，他会说英文，可以和你聊聊。"接着转头与其他人继续用西班牙语说话。

艾德里安说得没错，村里能用英文交流的人并不多。即便是负责媒体联络的阿尔贝托。

"很抱歉，我的英语太差了。"前一天阿尔贝托见到我时的第一句话。

不过他很快找到解决方案。"来，上车！我现在带你去见两个英语完美的人！"他指的是布拉伊斯和艾德，来自纽约的纪录片团队。

布拉伊斯是西班牙人，目前在纽约做纪录片导演，今年是他拍摄野马节的第六年。每年七月初，他都会回到萨布塞多跟拍整个仪式，采访村民。"这也是我最后一年拍摄野马节了。"布拉伊斯一边摆弄摄像机一边说。他预计在七个月后完成这部独立纪录片的剪辑。

"我们正要去一个村民家里采访，要不要一起来？你可以坐他们的车。"布拉伊斯向我发出邀请。

"当然。"我立刻跳进车里，里面坐着本地新闻记者玛格丽特和帕布罗。

车在村里的山路上七拐八弯，驶入一座漂亮红房所在的小院，停在斜度极大的坡面。采访在后院草坪进行，即将受访的是这家的男主人，也叫帕布罗。

"看，帕布罗是本地特别常见的一个男性名字，现在这儿有两个帕布罗了。"艾德是布拉伊斯团队的摄像师，一边打趣一边和我介绍，"你好，我是艾德。你的西班牙语怎么样？"

"我对西班牙语一无所知。"我苦笑。

"太好了，我也是。我来自澳大利亚。"艾德咧开嘴乐。

"你对野马节了解多少？"我问。

"和你对西班牙语的了解差不多。"艾德回答。

"哈哈哈，那我就不觉得孤独了。"我也笑。

采访用加利西亚语进行，我只能仰赖布拉伊斯间断的翻译。

帕布罗身形健硕，皮肤晒得发亮，眼神里有股勇武。在野马节仪式中，他是其中一位与马搏斗的人。aloitadores，加利西亚语中的"搏斗者"。为了模拟他跃上马背的姿势，布拉伊斯请他纵身跳进后院那只巨大的充气泳池。同时接受采访的还有帕布罗四岁的小儿子艾萨克。"他去年第一次参加了野马节！我抱着他坐在幼马背上，"帕布罗骄傲地说，"今年将是他第二次参加野马节。"

泳池里有一只相当于小男孩两倍身高的一条充气鲨鱼。

"平时你就是用那条鲨鱼来给艾萨克做马背训练的吗？"艾德和帕布罗开玩笑。

"哈哈，是的！"帕布罗饮了一大口啤酒。

帕布罗的太太也是萨布塞多人，但他们平时在邻近城市居住，帕布罗是一名玻璃切割师。因为太太也是同村人，帕布罗一家比其他村民更经常回来看望家人。如今常住萨布塞多的村民只有不到四十人，大部人都离开村庄，到附近城镇或更远的首都马德里工作。

"他和一些人几乎每周末都会回来到山上看马，检查它们的状态。"布拉伊斯介绍。

"每个周末？"我惊讶于这个频率。

"是的，因为他们很爱这些马。"布拉伊斯说。

"拍了六年，你一定采访了许多村里的人吧？"我好奇。

"是啊，我采访了几乎所有人。你知道，每年野马节都有人受伤，断肋骨的、断鼻子的、伤膝盖的、崴脚的。"

"但他们仍然还要继续做这件事。"

"是的。"布拉伊斯说。

2024年野马节日程安排

7月4日（星期四）
21:00：向"搏斗者"致敬的晚会

7月5日（星期五）
06:30：传统的圣劳伦佐弥撒，致敬萨布塞多的守护神
07:00：出发寻找野马
22:30：本地民谣音乐会

7月6日（星期六）
11:00：收集野马
14:00：野马进入萨布塞多
17:30：围场大门开放
19:00：第一次削去野马鬃毛与尾部
21:00：夜间舞会

7月7日（星期天）
11:00：围场大门开放
12:00：第二次削去野马鬃毛与尾部
16:00：在喷泉舞台的音乐会
23:00：公众舞会

7月8日（星期一）
11:00：围场大门开放
12:00：第三次削去野马鬃毛与尾部

一枚烟弹射向天空。嘭！标志着野马节的寻马仪式正式开始。人们集结成队走出村庄，穿过马

路，走向萨布塞多西面的山坡。村民手里的拐杖并非现代登山杖，而是一棵完整的小树树干，根部削成水滴形，杆身被握得包浆，看起来用了很久。迭戈手里就拿着一根这样的登山杖。

我对布拉伊斯关于野马节的描述有些不解。爱马，与马搏斗，很难想象两者同时并存。直到被艾德里安"指派"和我聊天的迭戈回应了我的困惑。

迭戈的祖父母是萨布塞多人，等到他出生时父母已离开村庄，但他们仍然时常回来。每年夏天的野马节更是迭戈全家必须参加的传统项目，自他有记忆起。迭戈也从小学习制服小马，成年开始对付大马。不过目前四十多岁的他很少再上场与马搏斗。

迭戈在西班牙南部一座城市做软件工程师，他也和帕布罗一样，周末有空就回到萨布塞多，去山上照看马。不过对他来说，特地回来一趟麻烦得多，两个小时的航程到最近的城市——圣地亚哥德孔波斯特拉或者比戈，再开车才能回到村庄。为了能在村里待久些，每年夏天他都会申请远程工作，住在祖父母的老房子。

"我喜欢待在森林里看野马,但我的工作必须时刻面对电脑。"迭戈说。说话时我们正沿着山路向上攀爬,微微发胖的迭戈有些气喘。"我喜欢看它们在山里自由的样子。"

"怎样才有资格成为给马剪鬃毛的人?"我向迭戈发问。

"你必须做出承诺,成为保护野马的社群的一部分,并且周末时常回来参与保护野马的志愿服务。"迭戈回答得很郑重。

来到萨布塞多的两天里,不同的人向我强调"20000"这个数字。"每年都会有至少两万名游客来到萨布塞多!"我不知道这个数据从何而来,也不清楚一个只有不到四十人居住、村道狭窄得只能开过一辆汽车的小小村庄,是否真的能够容纳这样数量的人群。但它确实非常有震撼效果。两万人。

通往石头围场的村庄主干道边,是绵延数十米的白色帐篷,里面可以同时容纳上千人用餐。每个帐篷靠近道路的开放厨房都在烹饪相似食物。铁锅里炖的是头部堪比足球大小的加利西亚大章鱼,汤汁洒红，章鱼被铁钩打捞上来，像头怪物。厨师快速用剪刀把章鱼腿剪成小圆片，摆上木制托盘，撒盐和香料，淋橄榄油。碳炉上的铁网架着烤肉，整扇猪肋排、大鸡腿、香肠。海鲜的腥味混杂着炙烤油脂的香气，不断扑向道路中间的人。电视台的记者在帐篷入口面对摄像机，邀请正在吃肉的人们与他一起欢呼。帐篷对面的舞台上，乐队演奏，人们在舞台前方的空地跳起加利西亚传统舞蹈。

这些显然都是为游客特意准备的。我以为剪马鬃毛也是某个体验项目。

"不不不，不是的。给野马剪鬃毛不是随随便便谁能做的事！我们不会允许游客参与，这不是什么旅游体验项目。"迭戈严肃强调。

我们接着爬山。

终于，我问出那个盘桓在心里很久的问题："你曾怀疑过野马节存在的合理性吗？我的意思是，它看起来实在有些残忍。"

在社交媒体上搜索野马节，能看到许多人与野马肉身相搏的照片和视频。男人们死咬牙关，脸因为用力和专注而变形发红，他们的手臂紧紧扣住野马的头和颈部，肌肉和青筋暴出，汗湿的头发贴在皮肤表面。有人骑在马身上，但看上去很快就要被马掀翻在地，有人被马摔在沙地，身上有血。人类总是更能识别同类的表情、动作和情绪。决斗的意志，暴力，危险。不难想象这组关系中的另一方，马，也会体验到同样强度的浓烈情绪。

"嗯……这个……没错。我确实曾经怀疑过。"迭戈没有表现出被冒犯的厌恶，只是略略迟疑。

"对不起，我没有指责的意思，因为我实在有些困惑，虽然你们说很爱这些马……但又要捕捉它们，剪去它们的鬃毛。"我试图解释。

"这个问题你不能去问那些老人，他们会告诉你传统就是传统。不过年轻时我确实也有这样的困惑。一直以来也有很多动物保护组织批评野马节，说我们伤害动物。我都理解，你也看到那些照片了对吧。但现在，我完全没有这样的怀疑了。"迭戈说。

"为什么？"我想知道转变是如何发生的。

"那些指责我们的人，都应该亲自来萨布塞多，看看我们在做些什么，看看我们到底是在伤害这些野马，还是在保护它们。他们来看就会知道。但可惜，在网络上打打字，发发批评，总是更容易。"迭戈耸了耸肩。

像迭戈和帕布罗这样的野马保护志愿者，有五十位左右。他们属于萨布塞多野马节协会。这是一个成立于1991年的民间组织，大部分成员都是村民，核心管理成员不到十人，他们会决定和野马节有关的一切事务，包括每个周末志愿者们需要完成哪些工作。比如在有自然灾害而食物短缺的季节，在山上给野马投放一些食物。在马路边修建围栏，防止野马跑到路上去，引发交通事故。

"过去三年，我们一直在和政府抗议，反对在附近山上修建风力发电站。三年！他们真的该来看看，了解我们到底为野马和这片森林做了什么。"迭戈越说越激动。

爬过最陡峭的一段山路，穿出密林，视野突然变得开阔。

"对了,你知道我们今天要在山上待一天的吧?至少下午五六点才会结束。"迭戈问。

"……我现在知道了。"我庆幸未雨绸缪地带了足够的水和食物。

野马节第一天,主要任务是上山找马,目标是找到至少一百二十匹野马,并将它们赶回村庄附近山坡的临时围栏。剪马鬃毛的仪式需要至少两百匹马。为了达成这个总目标,志愿者们已经提前几周捕回大约九十匹马。

"现在找马越来越难了。"迭戈说。

大约十年前,萨布塞多附近的山上生活着大约八百匹马。野马分群,每个小马群有三四十匹马。因此要在一天之内收集够两百匹马并不难。那时他们甚至会在一天之内完成找马、将马赶回村庄、进行剪鬃毛仪式的活动。而现在,这些事情要分成两天做。

"山上目前大概只有三百匹马,每个小马群有十五到二十匹。比以前少多了。"迭戈叹气。至于原因，大概是气候和环境变化，马总是缺少充足食物。越来越多的村民离开，能够帮忙到山上查看野马状况的人也越来越少。这几年甚至还有专门来捕猎野马食用的人。2015 年，萨布塞多村民卡斯特罗、蒙特亚古多为野马节编撰了一本和这项传统有关的词典，他们记录下 1986 年—2015 年期间，从村民卡巴达阳台上观测到的、从山上赶下来的野马数量。数字从最高的六百一十一匹，下降到 2015 年的二百七十五匹。2024 年，目标被定为二百二十匹。

九点半，人群陆续抵达围捕区域。

艾德里安和其他更有经验的村民指引人们散开着站，人与人之间隔开两三米，在山坡上形成一道人墙，沿着山形起伏。摩托车手和一些少年模样的骑手驾马在不远处等待指令。他们来自邻近村庄，来帮忙赶马。山谷下方是河，雾气厚重，从河边向山坡弥漫。找马的男孩们潜进雾里。山坡上的人原地等待。

"有群马在雾里，不知道一会儿从哪个方向出来。如果朝我们冲过来，到时我们就要打开，让它们往后面的谷地走，所有的马都会集中到那边。但如果它们从另一边出去，我们就不能让它们从这边逃走。"迭戈指着雾，同我解释。

"你会骑马吗？"迭戈问。

"会。那你呢？应该骑马很厉害吧。"

"我在外面的马场骑过。最近在考虑和朋友去一个森林公园骑行，要走好几天呢。在那之前我还需要再学习一些骑马技术。"

"你的意思是，你从没在萨布塞多骑过马？"

"没有。"

村庄里没人养马、驯马。对于迭戈而言，他在萨布塞多与马建立的关系，就是找马、捉马、剪去它们的毛发。

"它们很矮，不适合骑，不像安达卢西亚马。一会儿看见你就知道了。"迭戈说。

安达卢西亚马，培育于西班牙南部，是全世界最优秀的马种之一。它们腿部修长，体态俊美，是许多马术表演和皇室的常用马种。但在萨布塞多山林中生活的加利西亚野马，因为适应山地生活需要，身形矮小，四肢粗短。未被人类家养，得以自由生活在山间，大约是它们不够具备值得人类大费周章将其驯化的价值。听上去有些讽刺。

这些野马是什么时候开始生活在萨布塞多？最早决定剪去野马鬃毛的人，是出于什么目的？萨布塞多没有野马博物馆，无法详细追溯历史。萨布塞多野马节协会的官方网站上，一则民间传说提供了一些线索。

据传野马节的起源是一场大瘟疫。村庄里的一对姐妹向教区的守护神许诺，如果她们能够免受瘟疫感染，那么就会献上两匹母马。姐妹俩在这场瘟疫中幸存下来，于是履行诺言，将两匹母马献给了村庄里的牧师。牧师将母马放至山中，现在的野马就是它们的后代。根据圣地亚哥德孔波斯特拉大教堂的记载，1567年曾暴发大规模鼠疫，圣地亚哥德孔波斯特拉死了八千人。传说中的大瘟疫，很可能指的就是这一场。

更多信息已无从追溯考证。比如这对姐妹既

然能够献出母马，是否意味着当时村民家中饲养着经过驯化的家马？母马放至山中能够繁育，是否也意味着山中已经生存着一些野马？那时的萨布塞多人，已经开始有削剪野马鬃毛的传统了吗？

村民卡斯特罗、蒙特亚古多在萨布塞多教区的文件中，找到"rapa"一词最早出现的时间是1759年。"五十六雷亚尔（钱币单位）的酒钱，给所有前往山上剪马毛的居民。"即便是1936—1939年间的西班牙内战也未能中断野马节。根据村民布萨斯的回忆，打仗时她还只是个年轻姑娘，男人们被征至战场，村庄里只剩下女人，于是十六岁到十九岁的女孩们将马匹赶到一条木制的狭窄通道中，跪在木架上端剪去野马鬃毛和尾部。"没有风笛手，没有手鼓手，没有庆祝活动，什么都没有……"

仗要打，鬃毛也要剪。

"你知道吗，很久以前这些野马是属于教会的，由教会来组织野马节。后来有一天教会要把这些马都卖掉！我们就去抗议，要求把马还给萨布塞多，这是萨布塞多的野马。我们成立了协会，现在这些野马是属于协会的。"也许是手里的啤酒起了作用,艾德里安对和我这样的外人介绍野马节,难得多了一些兴致。

"这些野马,现在是属于我们的。"他着重强调。

艾德里安说的"属于",意味着萨布塞多野马节协会对这些野马负有保护的义务,给马戴上定位器、买保险。当然也有处置权。野马节结束后的那天,所有小马将会被带往另一处围栏,打上烙印。有成为"搏斗者"资格的村民的家庭认领小马,在它身上用烧红的铁块或液氮烙下印记,家族徽章或姓名字母。更早之前,被认领的小马会被卖掉。

"我可以去看吗？烙印那天。"我问。

"可以是可以……但是我必须提前说,烙印的场景让人不大舒服。"艾德里安的嘴和鼻子都挤到一处了,"那场面,真的不大好看。"

"我知道烙印是怎么进行的,我在中国的牧民那里见到过。"

在恩和度过的那个冬天,初雪时,我去看二哥给小马烙印。它们在只容一匹马通过的窄道排队,半人高的油桶里燃着火,长铁夹的另一头是烙铁。烧红的铁块用力摁在马屁股上。马毛因为瞬间高温灼烧冒出白烟。一匹只有几个月大的小马在等待时因为惊吓过度,四蹄着地跪在雪地。皮毛上的烙印十分牢靠,终生有效。

艾德里安大概真的很爱这些野马,才会觉得烙印场景无法忍受。我想。

"Abrir!Abrir!",迭戈突然朝山坡上一字排开的人大喊,挥手让我往他的方向移动。abrir,西班牙语"打开"之意。野马群即将朝我们的方向跑来。它们从愈来愈厚,以至于让人看不清山形,辨不明十米之外人影的浓雾中钻出,几乎是贴着我呼啸而过。又隐进另一重雾中。

迭戈对那天找马结束时间的估计过于乐观。

下午两点,上午半场才告一段落,五六十匹马被赶到谷地。午休过后,人群又出发去另一座山头继续赶马,一百二十匹的目标必须完成。等到所有的马都回到集合点,已是晚上七点半。短暂休整之后,马群继续被赶着向前。谷歌地图显示,从集合点回到村庄，还需要走差不多两个小时。

对需要在山上待一整天本就毫无准备的我，有些焦虑地盘算几点才能回到村庄：此时的村庄会不会因为游客太多而封闭道路，我是否能顺利取车并开回二十分钟车程之外的住处，是否会要在不熟悉的西班牙乡村公路开夜车？但赶马的人群似乎并不着急。他们自觉地在马群周围形成包围圈，一路走走停停。这一切对于听不懂西班牙语，也不知晓接下来是什么安排，更不可能独自下山的我来说，只是漫长的混沌。山里冷劲的晚风让人汗毛竖起。

"不要着急，虽然时间长，但和马一起走是一件很享受的事。"一位跟拍的摄像师抬起头对我说。谢天谢地，他会说英语。原来中途动辄半个多小时的等待，是因为有时骑手去追半路逃跑的野马。

八点半，九点，九点半。已经快要十点了。天越来越暗，太阳就快完全没入远处的山脊。

人群和马的移动速度突然变快。很快。越来越快。

指挥的人冲我大喊些什么，我不能破译语言，但能看懂手势。站在旁边,和其他人一起阻拦马群,快些,跑快些,跟上前面!下山路上有更茂密的植物,几乎比人还要高的欧洲蕨,还有叫不出名字的带刺植物。马群在道路中间声音沉重地踏着地面,尘土扬起,人在两侧和它们保持着几乎同一速度奔跑,形成两道人墙。快跑,快跑!小心,前面有一道沟,前面的女孩快速转头提醒我,又跑进前面树丛。小心!小心!这里踩上去有点滑。我目不暇接地在飞速掠过的植物间隙分辨可以落脚的地方。噢,你太聪明了穿着长靴,这些植物太扎腿了!一个男孩从身边跑过,忍不住对我感慨,我还没来得及回应,他又很快融入另一波人流。快跑!快跑!不要摔跤,不要让野马从我制造的空隙溜出去,不要添乱。分不清在植物中快速穿梭的我成为了一名萨布塞多人,还是一匹加利西亚野马。

地图显示需要一小时二十分钟的路程,因为跟着马群狂奔,只花了四十分钟。马群被锁进距离村子最近的临时围栏,人们穿过最后的林地,向村庄走去。

远处村庄再次响起礼炮声,白烟在树林上方。

* * * *

"天哪,你第一次来西班牙,就来我们加利西亚,来萨布塞多吗?太酷了!"下山路上,宝拉和她的朋友和我搭话,问我从哪来,怎么会知道野马节。得知我飞行十几个小时就是为了来和他们一起找马,看他们如何给马剪鬃毛,她在山道上尖叫。

同样问题,在萨布塞多停留的几天里我被不同人反复询问。2007 年,萨布塞多的野马节成为西班牙政府认定的"具有国际性旅行价值的节日"(Festa de Interese Turístico Internacional),有了吸引各国游客的官方认证,但每年会来萨布塞多的大多还是西班牙国内的游客。亚洲面孔更是罕见。

"这一天下来,你感觉怎么样?"宝拉兴奋地追问。

坦白说,除却预期之外的时长,我对村民在找马中展现的团结与秩序印象深刻。无论是青壮年、几岁的孩子,还是看起来六七十岁的白发老人,整个过程中没人露出疲惫神态,安静耐心地等待引领者发出指令。他们配合默契,彼此支持。

这样有计策的、以围捕为目的的集体合作行动,似乎只存在于远久的历史记忆中。当你成为其中一员,也和他们一同机警地观察,做出判断,采取行动。共同的目标和行动构筑了一个充满力量的共同体。哪怕彼此并不相识,或并不熟悉。哪怕面对我这样一个纯然的外人,他们也因为我的融入表现出令人意外的欢迎与接纳,拍拍我的肩膀表示认可,关心我有没有被划伤或绊倒。一位在山上常冲众人怒吼、浑身肌肉的村民请会英文的宝拉翻译,让我不要害怕他的坏脾气,他只是着急。我们都是萨布塞多人——不是说说而已,是一种真切的身体与身体之间,其次才是精神与精神的深刻联结。

"没错,就是这样。每次和大家一起找马,我都会很感动。"宝拉的眼神变得温柔。

我和宝拉约定第二天再见。第二天,是在石头围场剪去野马鬃毛的第一场仪式。

第一次走进石头围场,是在结束对帕布罗的采访之后。"你看过 curro 了吗?我带你转转。"同名的本地记者帕布罗问。curro,加利西亚语的"石头围场",媒体休息中心就在它的正门对面。这是一座由石头砌成的环形敞开建筑,只有一个出入口,十三排座位逐级向上排列。场地中间的圆形空地铺满细沙。绕着空地边缘走上一圈,只需要八十步。并不大。想象不出这里要如何容纳两三百匹野马。

入口右侧还有一个单独隔间,铺满稻草。"这里就是小马的房间了。"帕布罗推开小门。所谓小马,是当年春天才出生的几个月大的马驹。

"它们要被迫和母亲分开,会害怕得尖叫吧?"

"不会。这些野马一半害怕,一半记得。"

"记得?"

"是的,它们对剪毛仪式有记忆。明天你就知道了。"

在美国人类学者约翰·哈蒂根的研究中,他曾记录了村民胡安的一段回忆。"'我们那时并没有把马圈起来。在剪毛仪式之前,你置身于马群之中,周围是六百到八百匹马,它们就那样随意地吃草.'胡安描绘了一幅画面,人们在马群中来回走动,在石头围场附近的草地上摆桌野餐。谈到实际的剪毛过程,胡安说:'野马们很平静,它们已经习惯了.'"

这是胡安年轻时的场景,几十年前。

石头围场外的草地上,散落一些手掌长的黑棕色鬃毛。今年的剪鬃毛仪式尚未开始,或许它们归属去年此时来到这里的野马。今年,很有可能同一批野马会再次回来。它们真的会记得吗?人们如何判断它们记得?

"真想采访这些马,看看它们都记得什么。"我开玩笑。

1960年代之前,剪下的野马鬃毛和尾部毛发有实际用处,作为床垫填充物、添加进涂墙的抹灰、制作编绳及小提琴弓弦。随着时间推移,马鬃毛的这些用途被更新的材料或工艺取代,但这一仪式仍然继续存在。还有一些人相信,剪去毛发也对野马有好处,减少打结和跳蚤寄生其中的可能。无论如何,传统的延续至少说明一个事实——人们更需要剪去野马鬃毛这一仪式，而不是毛发本身。

想象这样一种倒置：如果生活在山上的是野人，马每年把人赶下山，剪去人类的头发。

· · ·

"制服野马，我们不会借助任何工具，这是真正的人和野兽的对决。"在山上时，迭戈告诉我。

但在我看来，马谈不上野兽。

为什么是野马节，而不是野熊节、野狼节、野虎节？为什么人类仅仅选择马，而不是那些会主动发起攻击、真正可以称之为野兽的动物，原因显而易见。

人墙之所以能够生效，因为马是没什么主动攻击性的动物，几个人张开手臂发出"呜呜呜——"的呼声，就足以吓退一小群马。它们不敢向前猛冲，不知道那些挥舞手杖、发出怪叫的两足动物，无论在力气还是体格上，都完全不是它们的对手。

剪鬃毛仪式晚上七点开始，下午五点过后人

们排起长队,等候入场。门票并不昂贵,前两场仪式在周末,十五欧元每人,五岁到十二岁的儿童十欧元,零岁到四岁的婴孩免费。最后一场在周一,每种票价便宜了五欧元。

"你想待在看台,还是到马群中看?"阿尔贝托问。我选择看台。布拉伊斯和他的摄像团队留在围场里,距离更近,更能捕捉到有震撼力的画面。

一种奇异的感觉,从这一天起始便攫住我。

中午十二点,数百名游客来到山坡上的临时围场。两百多匹马要从这里赶到村庄,石头围场附近,方便仪式前直接入场。更多的相机,更烈的欢呼,人群几乎要堵住马群前进的道路,负责指引的村民不得不一遍遍大喊,请行人分散或离开。穿梭在其中的还有骑马俱乐部的骑手,他们的坐骑是比野马更漂亮的马,精致的马鞍与缰绳。野马向人类发起的"攻击",只有腾起的沙雾和满道粪便。

"站在这儿,你能拍到很棒的照片!"艾德里安扶我跳下一处斜坡,很快又消失在人群里。无数热切的目光一路跟追,好像要从野马身上夺出比鬃毛更多的什么。

晚上六点半，买到门票入场的人们全部就坐。没买到票的更多人，沿着通往石头围场的道路站在两侧。这座围场新建于1996年，在第二年七月的野马节中正式启用，比靠近教堂的老石头围场能够容纳更多观众。

接近两千人的渴盼与躁动，在圆环围场中缓慢发酵。

先是加利西亚民族舞蹈表演。而后观众从左至右形成人浪，接续地站起坐下，发出呼声。一个男人走到沙地最里侧，用水管在地上洒水。沙地濡湿后，就不会因为踩踏激荡起太大沙尘。

马群从入口进入。越来越多的马进入。

一些马镶嵌在另一些马中间。没可能有充足的回转空间，它们顺从地在同类的身体中寻找缝隙安放自己身体的某一部分。脖颈架在另一匹马的臀部，两匹马相对时将头放在彼此背上。没有能够看见沙地的空隙。一些性情急烈的马试图去咬别的马，但短暂腾挪出的微小空间又迅速被填满。圆形的涟漪不断的野马池塘。石头墙面的高度恰好与它们的身高齐平,从第一排观众的角度望下去,这些山中野兽就在脚下。它们彻彻底底地无处可去。

孩童跟随成年的搏斗者进入。首先要被抓住的,是绒毛尚未褪去的幼马。

很好控制。左边耳朵,右边耳朵,鬃毛,尾巴。它们几乎毫无反抗地被带离马群,就算反抗,也不费太大力气就能重新控制住。八九岁的孩子也可以轻松捉住幼马的耳朵。三四个人几乎就把小马的全身包住,拖着往外走。不全是男性,也有女孩。每多一匹小马被捉住成功带出,成年的搏斗者们就在场地内发出呼声。

Bravo!Bravo! 太棒了,太棒了!勇敢的孩童!

勇敢的孩童,萨布塞多人的希望。他们扑向和他们一样的孩童,稚嫩的手掌用尽全力捏紧它们柔软的耳朵。小马的头被揪扯,向上仰着。

数十匹小马被拣选出群。现在,最值回票价的部分即将开始。

十五个男人进入沙地。

"呜——呜——"他们拍打距离最近的马的臀部,一边发出驱赶的声音,为自己腾出进入马群内部的通道。

很快第一匹马被选中。一匹漂亮的青马。紫色上衣的男人从旁侧跳上马背,青马挣扎,他从另一侧滑下,很快又再度找到平衡,完全骑在马背上。青马困顿地向前移动,但在拥挤的马群之中移动本身就极度困难。它带着男人向前,两侧因为紧挨着马,反而更有利于男人在马上坐得稳当。青马艰难地驮着人绕场一周。

其他男人将马群紧实地压到另一侧,小半块沙地空了出来。眼看青马将有更多空间可以反抗,一个男人从侧面冲过来,抱住马头,一手抓住马耳,另一只手臂扣在马脸上。紫衣男人顺势跳下马,在另一侧用同样的姿势锁住马头的另一侧。尾巴被第三个人用力拽住,往马身的方向弯折。青马定定站住,不再动弹。

口哨声、掌声、欢呼声,从所有方向涌出,回荡在围场上方。

很大的剪子，几乎有男人们的小臂那么长。一人剪鬃毛，一人剪尾巴。鬃毛从后往前拽，左手揪起一簇，右手的剪刀顺势往前。尾巴在一半处被整齐地剪开。年轻的男孩拎着装鬃毛的草篮等候在一旁。只花了不到两分钟。青马被放开时慌乱踢蹬，差一点一头撞上石头墙面。它快速掉转方向，冲进马群的缝隙中，向前挤，离开人群。脊背上的鬃毛变得短和凌乱，毫无美感，与周围均匀柔顺的鬃毛形成强烈对比。

"01"，坐在右侧的西班牙记者在本子上写下数字。今年第一匹被剪去鬃毛的野马。

"我们靠的是身体的技巧，比如遮住马的眼睛。一旦看不见，它们就不会动了。我们不靠暴力征服野马。我们从来没想过也不会伤害野马。"确实，男人们控制野马的方式如迭戈所说的那样，没有借助任何工具，仅凭人的身体与野马对抗。

此后是不断重复。不断地助跑，跳跃，上马。两人合力抱住马头。一人剪去鬃毛，一人剪去尾部。助跑，跳跃，上马。两人合力抱住马头。一人剪去鬃毛，一人剪去尾部。动作快速。大马当然挣扎得更为厉害。有时它们会被完全摁倒在地，男人坐在它的身上固定。我不知该如何理解眼前发生的这一切。直到一个小时后手机没电关机，我才发现自己一直盯着正在录制影像的屏幕，而不是直接看向脚下马群。

失去屏幕的隔离，才感知到从下蒸腾而上的马群热度。马身上的味道，混合了泥土、青草、汗液、粪便的气味。它们毫无阻隔地向上蒸腾。恐惧的味道。哀伤的味道。愤怒的味道。不知所措的味道。这些热浪和气味毋庸置疑地标识着它们真实的存在，滚热血液在它们身体内部涌动，它们的身体皮毛彼此摩擦，它们发狠企图踹开缚住它们的人却注定失败。它们摇晃脑袋和尾巴但只是徒劳。它们撞向我。

将近两千名人类，两百多匹野马，这些肉身之间有注定非此不可的天壤之别吗？

很快，新的感受将之覆盖。

野马光顺的皮毛在阳光下发亮。看，男人跃

上马背的姿势多么优美。他们扣住马头时，脸颊贴着马身，闭着眼，好像在深情拥抱。他们剪去鬃毛的姿态是多么娴熟。他们被甩在沙地上，不顾身上的伤,迅速爬起再向马进攻时的气势多么勇猛。噢,竟然还有一位女性！一位女性也抓住了野马。他们多么富有技术和胆识。

渐渐地，我什么也感受不到。全身发冷。

这一切什么时候结束？我频繁查看时间。快门声不断响起。一只镜头在后方磕碰我的脑袋。为什么人们不知疲倦地跳上马背？为什么人们无休无止地欢呼？

"42"，西班牙记者写下数字。在那之后又有两匹。一匹白灰色，一匹浅棕色。又有两匹，深棕色，白灰色。再后来我没有数。

仪式结束时，我在石头围场的出口。

马群涌出,从道路中间跑过。一匹小马落了单,后面的马群还没出来,它站在出口的空地,惊恐地四下张望。全是人,全是人的眼睛。前面马群踏起的沙尘弥散在周围。它甚至想掉头往围场里跑。有人哄赶它。最终下一群马冲出围场,把它裹在其中向前。

野马终于全部离开,第一场仪式结束。

但人们的兴奋并未消散。他们跳到安全的沙地里来,鞋印迅速抹平密集的马蹄印迹。地上掉落许多鬃毛,青色,棕色,黑色。人们捡起鬃毛在沙地里拍照。有人拿着更完整的马尾,切面平整。大笑。像获得某种胜利。如果他们愿意想象不久前身处那里的野马视线,从任何方向往上看,都是人类排山倒海的呼声。他们也是这场仪式的搏斗者,热切的目光是锋利的剪子。

用最快速度逃离萨布塞多。

全身发抖。衣服裹住全身,帽子压低,带上口罩,遮住大部分的头和脸。快步从狂欢的人群中间穿过。记忆碎片像电影画面在晃。小马恍惚的神情,你在烟尘中看得到它的眼睛。人们高举鬃毛,露出牙齿。母亲给女儿买了一只粉色的小马气球,拴在衣服上。乐队推着音响朝石头围场走去,准备晚上的狂欢派对。

我不知该如何理解这一切。

同一批人。每个周末到山上查看野马过得好不好,向政府抗议反对在森林里修建风力发电站,谈论起马时表情温柔满是蜜意的人,和在石头围场的沙地凶狠地扑向野马,揪扯它们的鬃毛、耳朵与尾巴并利落剪下的人,是同一批人。

一年之中,他们大部分时间的身份是保护者,却突然在七月的第一周变了模样。野马从被保护、被珍视的动物,变成需要用力量征服的对象。

我想起在恩和草原看牧民驯马。

生个子,牧民们这样称呼从未被驯化的马。几乎可以同等理解为萨布塞多山上的野马。它们知晓人类存在,但从不亲近。要让马对异物脱敏,比如笼头、缰绳、马鞍,比如从旁边走过的人,比如飘过的一块布。要它们习惯行进的方向和速度不由自己控制,肚子上绑着固定马鞍的肚带,不能随时随地吃草饮水休息。要让一匹马习惯这些,并不比剪去鬃毛容易。

那天驯的是一匹奶茶色的马。

它拒绝一切靠近身体的东西,更别提需要含在嘴里的衔铁。上下牙紧紧咬住,不让人把长条铁块推进去。用力强迫它张开牙齿推进去一些,它立刻机敏地用舌头把衔铁顶出来。把嘴巴张开。绝不。把嘴巴张开!绝不。奶茶马的牙龈和嘴角被磨出血。人也因为和马持续失败的较劲面目狰狞。突然奶茶马起跳抬腿,前蹄精准砸向牧民的脸。牧民捂住眼睛退到旁边,马蹄在眉骨周围留下红黑色圈印。嘴里吐出带血唾沫。

大部分马不会这样决绝。但每一匹能够骑乘的马,都必然经历被人类刻意驯服的过程。这不是马的主动选择,是人类按照自己的需求对另一些动物采取行动。与承认因为吃肉的欲望杀死一头猪、一只羊一样,人类因为想要骑在一匹马上而剥夺马的自由。承认这一点,承认我们就是这样为了满足自身目的,有时会露出凶煞面目与残酷性情的动物。

即便我们如何言说爱马,人类的存在和需求永远是被第一满足的事。是吗?是这样吗?承认它,而不是美化它。

然而至少数百年来不断重复剪去野马鬃毛,不同于驯化马。它看起来毫无实际功效,比如领人穿过人力不能抵达的荒野。迭戈在山上骄傲地说:"一位很有名的西班牙作家曾经说,萨布塞多人是全西班牙最勇敢的人,因为他们敢赤手空拳地对付野马。"他深情地望向森林深处,羡慕野马的自由。

什么是勇敢?什么是自由?什么是爱?这些问题缠绕着我。愤怒,悲伤,甚至觉得被欺骗。试图在那些看似彼此矛盾,甚至位于不同极端的言语和行动之中分辨真伪。更令人困惑的是,你会发现它们同时真实。以至于难以完全认同这些复杂之中的任一方面,也难以全然否定任一方面。

传统。最后,一切都可以归为传统。一切难以理解都可以被传统抹平。

如果我出生在萨布塞多,如果野马节是在家族和村庄中年年延续的重要活动,我还会发抖吗?我会在很小的年纪就渴望冲进马群，捏住小马的耳朵，期盼成年之后有资格剪去大马的鬃毛吗？即使在外生活，我也会尽量在每个周末都回到森林，每年夏天雷打不动地回到村庄吗。会吗？一定不会吗？并不确定。

而来到此地的我又有多正义？我也同样将野马当作对象，而非同我一样的鲜活生命。躲在屏幕背后，我是一个审视者、观看者、冷酷的信息收集者。和围场中的其他人一样，专注而贪婪地想从野马身上获得什么，恐惧错过什么。对奇观的暴力围猎。事实上，抛去观看野马节的矛盾感受不谈，我也有些羡慕萨布塞多人。羡慕他们有故事可以言说的可见传统。羡慕他们有会为之骄傲，愿意共同坚守的身份和家园。人是如此复杂的存在。

给这几天来交谈过的萨布塞多人发消息告别，我决定离开。不能想象再次回到石头围场需要承受的冲击，但我尝试说服自己理解，这是萨布塞多的事。让萨布塞多人捕他们的野马，让游客举起相机，让感到愤怒和不解的人愤怒或不解。只有萨布塞多人自己能够决定,他们要如何与这片土地和野马生活。

这是他们的土地和家园。这是之于他们而言的确凿,不是我的。我无法真正进入任何一种不属于我的传统。

"回程顺利,希望你享受野马节!"阿尔贝托回复。

穿越荒原

寻到确凿之物了吗？我问自己。
在路途中我无数次问自己。

秀英厨房

外婆去世前几个月,常在病房看见植物。

"那个白墙长满乌乌的东西,你莫离那么近。就是我们经常去的公园里的那些东西啊,密密麻麻,越长越多,太可惊了。你看不到吗,好危险啊。"外婆说客家话,她着急,费力抬起手在空气中抓,差点把输液管拽脱下来,又伸手拉我。"好好好。"我安抚她,把输液架挪远。

人民公园是外婆和外公几乎每天都会去晨练的公园,在家附近,也是我从小去得最多的城市公园。她在幻觉里仍然去公园,看到植物蔓生,即将淹没我们。她起身想救我于吞人的植物。

肺癌在更早一年确诊,那时她的身体已大不

如前，有一回独自从公园出来，在菜市买完菜往家走，实在走不动，在路边坐了好久。坐到快中午才能起身，一路走走停停到家。我以为自己再也走不回去了，后来外婆说。那是她最后一次去公园。

医生说癌症晚期，余下时间不到一年。全家都瞒着她。

肿瘤在外婆身体内部沉默长大的那段时间，我在念研究生最后一年，不知怎么突然想多陪陪她。于是从学校跑回家待了几个月，几乎每天早上六点多起来，同她和外公去公园。我们会在路上商量今天走哪一条小路，这条昨天走过了，今天走另一条，去和回来都要走不一样的路。我们都喜欢新鲜，喜欢胡闹。小时候她领着我和表妹在阳台看楼下同事聊闲天的外公，怂恿我们探头大喊"聋公"，取笑他听力不好。她躲在门后和我们一起捂嘴笑。"聋公"假装听不见我们在喊他，说话声音大得半个院子都听得到。

进了公园，外公外婆分开，我和外婆去湖边。那里有她平常一起锻炼的伙伴，一同做做操，伸伸筋骨，顺便聊聊天。谁谁没来，和儿子一家去旅游了。谁谁很久都没出现，后来才知道是不在了。"这是我外孙女，放假回家陪我来锻炼。"她介绍我。"噢哟，真是有心啊。"我绕着那个小小的人工湖跑步，跑一圈只要几分钟，一遍一遍路过她们。除了早起陪她来公园，其实我没有太多可以和她一起做的事。

究竟是外婆需要我陪她去公园，还是我需要亲近外婆？大概是后者多些。

占据短暂人生最长时间的家，是外婆外公家，和我年纪差不多大的老房子。记忆里那个家无论什么时候都住满了人。早年是外公外婆，母亲和我，小姨与表妹，舅舅，表哥。三个房间，八个人，不知如何挤下的。大家的停靠原因各有不同，至于我，是因为父亲与母亲离婚，母亲带着五六岁的我回来。说回来不很准确。在离这个家最近的医院出生，出生后一直由外婆照顾，我几乎从未离开。因此也谈不太上回来。在父亲母亲单独居住的房子里短居，回想起来像是旅行。总是长久记得有外婆在的地方，记得那个拥挤居所的空间，其次才是更外围的——

楼房，大院，两株大榕树，两侧种满香樟的街道，幼儿园池塘里的蝌蚪，小学操场上飞出弧线的沙包，初中校门前的自行车海，早晨卖黄豆面、驴打滚和糯米饭的小摊，总会在 0.38 和 0.5 毫米笔芯之间犹豫的文具店，直到高中才被允许光顾的粉店——

我的土地，我的城市，我的村庄。

外婆用食物喂养这个家。

饭豆排骨汤，加一粒蚝干增加鲜味，汤是黑色的，饭豆粉香。我可以什么菜都不要，连吃好几碗饭豆汤拌米饭，外婆说这也是她年轻时最喜欢的吃法。

芋头饭，一道客家主食，外公外婆是客家人，我对这个民系的所有认识仅来自客家方言和餐桌上的客家菜。猪油把大蒜煸香，加入切成丁的荔浦芋头煎得微焦，再加盐调味，和米饭一起烹熟。绵软的芋头混在颗颗分明的米饭里，又糯又香。

酿菜也是客家食俗，酿尖椒、酿豆泡、酿苦瓜、酿茄子。一定是土猪肉，肥瘦掺半，用大刀在砧板上剁成肉糜。然后加入切碎的香菇、马蹄和海米，搅打上劲。尖椒去头掏空，豆腐泡戳破，把肉馅往里填得鼓胀。只放酱油煮熟就很美味，咬破尖椒或者豆泡表皮，得小心肉汁溅出来。

冬天才会做大砂煲。一层肥瘦相间的五花肉、一层咸鱼、一层腌菜黄瓜皮，不紧不慢炖一下午，还不能吃。第二天再炖一下午，小火煨着，砂锅发出轻微的咕噜声，猪肉油脂丰腴，鱼鲜，混合腌菜经过发酵后的复合香气。在没有暖气、湿冷的南方室内，那只冒着热气的圆胖大砂锅是尊贵的君王，慷慨的圣主，内里盛满掏取不尽的宝藏。

外婆知道自己的菜做得好，不羞于得意，常站在餐桌旁自夸："哼，让你们捻着耳朵吃完。"一日三餐，全家七八口人，全部仰赖她的喂养。

偶尔，很偶尔，甚至只有那么一次的印象，我在餐桌旁和父亲会面。法院下了离婚判决，父亲每月支付一百元抚养费至我成年，他不定期来外婆家看我。房间昏暗,所有人退到卧室客厅,只剩我和父亲面对面坐。两人都一言不发。他和母亲都不知道我早就翻遍他们的离婚诉讼材料,什么都知道。我知道他是因为母亲不同意离婚,偷偷把家里门锁换掉,逼得母亲与我回外婆家。我知道是他让朋友非法拘禁母亲,让全家为赎人在深夜奔波。我知道母亲身上的瘀伤不是摔跤,是源于他。

但母亲仍会哀叹,那么美满一家人,他为什么一定要离婚?"因为你不是儿子。"母亲说。

父亲是我人生最初的虚构。我要凭借想象,凭借模糊的不辨真假的记忆,凭借困惑,才能确认似乎是有这样一个人。冷漠,暴戾,长久缺席。我不是凭空而生。

作为女儿降生是否是原罪,不得而知。于他而言,我也不是理想后代。在小学前总计不过几年的相处中,我们一定发生过很多事,但我只记得一些。带回幼儿园画的画回家,画得很好,老师也夸,母亲让我给他看。他瞥了一眼,说画成这样,肯定不是我画的,我撒谎。他临时起意要教我学英语,向母亲宣布自己的教育实验，要把我培养成神童。他在反锁的房间里逼我说英语，重复前一日教过的内容，我不能准确复述，就打。我似乎记得他去拿放在地上的哑铃，画面浮动。但那是真实还是想象？我不记得。母亲后来说，她在外面拍门乞求、阻止，但没有用。我也不记得。

那是他和母亲的第一个家，母亲骑自行车载我回去时要经过长长的河堤。客厅餐厅总是暗的。唯一的亮处是书房，我够不着桌上摆着的工程图纸。他是房产公司的工程师，造房子。但造不出家。

• • ' •

"妈妈那么不容易，你要懂事。"大人们喜欢这么对我说，好像我确实要为这场离婚负点责任。好，要懂事。变得优秀，比别人都要优秀，都要做得更好，让母亲脸上有光。同时假装自己在这场风波中并未受到影响，被保护得很好，善解人意，懂得感恩，静默乖巧。

我很早便懂得隐匿情绪与需求。在外婆家的阳台上偷偷哭，不让任何人发现。偷偷地恨父亲，无数次梦到他回来求和，而我将他赶出去，告诉他没有他我们也过得很好。我清楚自己被如何期待，在那些期待被说出口之前就努力接近、满足。不因为我的任何情绪与需求，给任何人添麻烦。都不重要。重要的是要变得优秀。更优秀。比别人都要优秀，都要做得更好。让离席的父亲悔恨。

人生中第一次恐慌发作，也许在小学时就已经出现了。

上学路上胸口猛地剧痛，蹲在人行道。在家里突然喘不上气，吓得尖叫，又很快收声。习惯沉默，等它们消失。不必告诉家人，这些不重要。重要的是要变得优秀。更优秀。比别人都要优秀，都要做得更好。不能犯错，不能让母亲蒙羞，要让离席的父亲悔恨。我不是愚笨的无法成为神童的女儿。

这样一个女儿会因为考试输给同学而大哭，因为没有获得某个奖励而恼怒，因为不会游泳被同学笑话而崩溃。所有否认她做得不够好的小事都是在否认她的存在本身。夸赞我,更多地夸赞我,肯定,认可,最好在任何事上都有,都源源不绝。如果不是这样,天哪,多可怕,如果真的成为一个不够优秀的女儿,那么父亲的离开就是正确的,有先见之明的。这样一个生命存在本身就是可耻的,不值一活的。

只有和外婆在一起时是全然轻松的。她用食物喂养我,在意我喜不喜欢,吃得好不好。她在我生病时照顾我,不评判我是因少添衣服还是贪嘴,说我给大人添麻烦。"小孩子不舒服是不会撒谎的。"她说。无条件信任我,她爱我,用她的整个身体爱我。唱童谣,自然地牵我的手,在我回来和离开时拥抱我,说她想我,她会想我。我明明确确地知道她爱我。

那么大的一个家,会不会她唯独爱我,最爱我?曾经我想弄清这一点,并且希望这是真的。在她的丈夫她的三个女儿一个儿子两个外孙三个外孙女之中,她因为我是我,而格外爱我。在这如果不够优秀就命悬一线的危险动荡的世界之中,有一个人明确地、无所恐惧地、无所求地、唯一地爱我。因为她,我的存在获得一些安慰。

这样渴望爱的唯一,出于恐惧。外婆对每个家人施予同样程度的爱,并不厚此薄彼。真正的爱没有程度之分。爱就是爱本身。她选择爱我,而不是权衡要多爱我。

但这些,年幼的我又如何能知道,能想得清晰,能不被卷裹呢。

印象中,在外婆家那次相对无言的会面后,父亲再没来看过我。但我去见过他三次。高一那年母亲张罗给我改名,派出所需要来自父亲的书面同意书。母亲没说,但我知道她不知如何去开这个口。预判她的需求,我训练有素,于是凭记忆找到父亲家,冷静地请他签字。那时我们将近十年未见,他认得出我,但未问近况。只是再三确认,改名这事只需他签字,无需再麻烦,此后一切与他无关,并且与我同去的是表哥,不是律师。

拿到签字我立即离开,他关门,但下了几级台阶之后又后悔,返回去敲门。

他把内里的木门拉开一条缝，隔着纱窗铁门问我还有什么事。我冲他喊，没有你我和我妈过得特别好！然后跑下楼。我听到他在身后喊我，旧名字，新名字。然后是再一次关门声。

最后一轮见面是八年后。父亲想要卖掉房产，关键文件上还有母亲名字。法律意义上这套房产与母亲无关，但仍需要母亲签署一份声明。这是离婚以来最接近父亲前来讨好的情形。他好声好气地约母亲去饭店，然后要母亲签字。好机会。母亲情绪激动，拒绝签字。于是父亲再次将母亲告上法庭。

开庭前，我通过母亲约他见面。他以为我想叙旧，而我"蓄谋"决定为母亲讨个公道。

我们在一间茶餐厅见面。他热情地让我点菜，问我想吃什么，询问我在学校的情况，试图以父亲身份告诫我一些道理。比如要学会察言观色，寻找对自己有利的资源，快出社会了，要成熟一些。我没出声，听他自得地讲职场指南，搅动面前的热汤馄饨。

"这么多年，你有没有觉得对不起我妈？"我突然发问,打断他。

几个沉默与继续逼问的来回,愤怒急剧发酵。

我站起身。他也起身,敏捷地闪到一旁,神色惊恐。我拿起那碗还在冒着热气的馄饨摔向他。餐碗砸在地上,碎裂,一片狼藉。瞪了他一会儿,我离开餐厅。

后来父亲去派出所报案,控诉女儿殴打他,要求立案侦查,并留下母亲电话。民警打来电话,告知他们只是履行义务打这通电话,家事还是要自行解决。再后来父亲给母亲发来大段大段的短信,说他原本还为我准备了红包,但我竟然不识好歹,那钱不会给我,更庆幸没有提前给我。他甚至寄来一份寄往我所在学校的举报信复印件,控诉我虐待父亲,是多么不堪的一个女儿。学校应当考虑开除我。看得出来,他很愤怒。而母亲责备我冲动,让她承受辱骂。

开庭那天我们见了最后一面。法官宣读判决,房产与母亲无关,他望向旁听席上的我,说举报信已经寄到学校。闹剧到此结束,此后没有任何他的消息。

那套被卖掉的房子,是他与母亲的最后一个家。

"你有没有想过,你的父亲其实也很想过好自己的人生?"很久之后,一位年长我一些的朋友问。他研习占星,在我的星盘中看到与父亲命定的纠葛。让人感到安慰。并非是我做错了什么,父亲是分配与我的命运。

但这个发问让人不解,令人不忿。笑话,凭什么要原谅他。凭什么我要去想,他其实也很想过好自己的人生。无论他想过怎样的人生,都不该这样对待母亲与我。他凭什么轻巧滑脱?他该反思,他该道歉,他该悔恨,他该痛哭哀求母亲和我,他甚至不该妄想有任何机会得到宽恕与谅解。他永远洗不脱自己的罪。他的怯懦,他的虚伪,他的无能,他将罪责转至母亲与我身上的加倍的卑劣。我恨他,想要撕咬他,在他道歉、哀求的时候,绝情地拒绝他,让他离开。在悔恨中度过凄凉余生。

但这些假设都不会发生。我甚至分不清浓烈的恨意是我自己的,还是我替母亲在恨。她是隐忍的好人,和旁人讲,她从不对我说父亲坏话,要我恨他。恨让人不美,恨让人不体面,恨破坏完整与和谐。恨也意味着伤害确实发生,不可否认。

先需要足够力量去恨。再需要足够力量谅解。

我试着理解父亲也想过好他的人生。

˙ ˙ ˒ ˒

2020年焦虑症发作回家乡,我住在老房子里连通阳台的房间。

两道门通往阳台,一扇布满龟背裂纹的绿色木门,一扇有纱网可以透气的隔门,同样是绿色的布帘被一个木夹子挽在右侧。左边的是铝合金窗户,年代久远,用来保护的贴着厂商名字的保护条仍旧没拆下,卷边发黄。一块暗红花纹布做窗帘,白天随手扎成方便解开的髻。

阳台上有很多植物。常年种芦荟,外婆被油烫伤就去扯一片。茉莉,外婆会在清晨晾晒衣服时摘一朵,放在我枕边。夏季的早晨是茉莉花味。入秋就是桂花，它是阳台上最大一株植物。那些几乎不能起身的白天，我就躺在床上透过窗户朝外望，两盆绒红的香水玫瑰，花瓣兜盛雨水，枝条弯坠着勉力承受。

某一个惊恐发作的深夜，我跪在地上，等恢复神智时才意识到，刚刚过去那刻我差一些就要推开木门，从阳台翻跃而下。脑海中预排了所有动作。离开，自由。好辛苦啊，太辛苦了。我蜷在床上喃念。母亲无措，在我的人中和脚底涂抹清凉油，意图让我清醒。可是母亲，我就是过于警惕清醒。

外婆去世前几个月，我回家过年，到家当夜听到外婆颤声唤，阿二姐，阿二姐。母亲排行老二，外婆这样叫她。我惊醒，外婆倚着墙瘫坐在地，捂着胸口。叫醒母亲，我们把外婆扶回房间，给她吃急救药，测量血压。那时外公住在别处，外婆自己睡在距离门口最近的房间，和母亲房间差着一整条走道，隔着那个通往阳台的房间。万一那晚我不在家，没有听到外婆声音微弱的呼救，万一母亲因为距离远没有及时发现。我不敢想。于是后来短暂在家的时间，我和外婆睡。那时癌痛已转移全身，她每夜都无法入睡。一开始会在清晨安慰我，睡了一点，睡了一点。后来疼得不说话，只是摆头。

再后来外婆被送进医院，那年四月离开。

心电图归于直线时，只有我和表妹在病房守夜。外婆前一天就已陷入昏迷，我从北京搭最近一班飞机回家赶往医院。全家人坐在病房里等，空气闷热，只有电扇扇叶搅动空气的嗡响。要不算了吧，外公说。但维持生命体征的药物还在持续不断地注入外婆身体。是它们让我还能来得及见到外婆，握住她的手。她在一些时候睁开眼睛，有眼泪滑出。

监测仪在晚上十点突然发出警报，我们叫来医生。心跳数字一点一点往下掉。直至归零。老人家已经很辛苦了，医生说。

凌晨，殡仪馆接走外婆。全家去江堤。捡来树枝、报纸，搭了火堆。几小时前还在外婆身上的衣服，从家里带到医院的其他衣物，围巾、袜子、帽子，一件件被丢进火里。最后，活着的人一个一个跳过即将燃尽的火堆。我偷偷留下外婆的一顶粉色毛线帽。

就算没留下任何物件，也没关系。我知道她永远在。我们在厨房中一次次重逢。

旅行时，身体能够迅速适应任何一种当地环境，譬如只在草原我才少量喝奶茶，吃奶制品，身体短暂忘却它乳糖不耐，适应大量肉类摄入。但我仍会迫切想念自己的厨房（趁手的厨具、熟悉的食材），想做厨房的主宰，从挑选食材到烧制完一顿饭，吃完。我大约是从外婆那里习得做饭的快意，在其中感到熟悉、安全。

我知道自己纯粹享受和食物、炉灶相处，而不是扮演某种角色。不动听吗，锋利刀刃切过新鲜芹菜的声音，纤维粗壮制造轻微阻力。不美丽吗，光洁的西红柿和彩椒泡在水池，它们用颜色奏乐。不神奇吗，豆腐在平底锅的薄油里变得金黄焦脆，时间让蹄筋顺服。厨房是我的冥想室，与食物相处的时间让人平静，我重复和她一起处理食材的步骤，剥出玉米颗粒，剥开豌豆外壳，掐掉豆角的筋。处理海鲜时记得她一辈子拒绝吃长在淡水里的鱼虾与蟹,因为没有大海腥味。她出生在海边村庄,年岁越多,离海边越远。

我向她学来用食物爱己,爱人。在不同居所给自己、给朋友或恋人做饭,我擅长复制她做过的味道,也擅长不遵照食谱地在食材和调料之间自由游戏。牛腩萝卜煲、黄豆猪蹄煲、春笋鸡翅煲、肥牛豆腐寿喜烧、猪脚姜……喜欢朋友们在我的屋舍里吃得满足吃得珍惜,比平时吃得更多更快。说起他们与食物和家有关的事。将另一个人制作的食物吃入身体,也意味着信任。一起进食,也是一种仪式。

也许秀英厨房就是我的恩和,我的埃平森林,我的萨布塞多。秀英,是外婆。

蒙古驯鹿

"聊聊家庭吧!你们家有几个小孩?"车在不平整的草原上开,如航于巨浪中的无助扁舟,乌兹坐在右侧一边掌舵一边发问,声浪被晃荡得打转。"就我一个!"我扯着嗓子答,引擎几乎把我的声音盖过。

几分钟之前,我们还在木伦市区的街道上,我还没完全适应一辆本该靠左行驶的右舵汽车,行驶在右侧道路,遵守左舵汽车为标准的道路规则。尽管这是蒙古特色,在马路上你能同时看到左舵右舵的汽车混行,挑战非左即右的固有印象。

这与1990年代大量来自日本的右舵二手车涌入蒙古有关,也可以理解为一种草原式的幽默。一个以草原为主要地貌的国家是如何理解汽车这一现代机械的？都是交通工具，大约和马差不多。左舵，右舵。还没马的分类多。既然都差不多，那么也不必大费周章地非此即彼吧？一视同仁，兼容并包。况且从司机角度看，混行不会造成太大麻烦。"一开始是会有点混乱，不过十分钟后你就会习惯了。"乌兹说。

不过我们现在身处草原，没有道路，左舵右舵都是无所谓的。

乌兹是我的蒙古向导兼翻译，我们刚刚见面不过几个小时，在机场看到他的第一眼我就认出了他。一年前在宝格德乌拉见到的搏克摔跤手们大多都是这样体形，脂肪饱满的壮硕。脑袋，胳膊，肚子，腿，身体几乎每个部分都是浑圆的，包括关节连接处。和他发在脸书上的照片差别不大。在那张以首都乌兰巴托郊外四十米高的成吉思汗骑马雕像为背景的照片中，他戴着墨镜，双手插兜，下颌微扬，很有气势。对于一个独自旅行的女性，这样浓厚的"男性气概"值得戒备。然而出现在木伦机场接机口的乌兹本人,看起来非常和善。他挥手同我打招呼,笑得有些腼腆。我稍稍松一口气。

这里是木伦机场,蒙古最北的机场,小得像一座公交站,我从乌兰巴托乘七十座的小飞机来。只有几米长的行李转盘接连向外吐出超过两米的长形盒子,里面装着钓具。一群欧洲旅行者专程飞来钓鱼。我对鱼没兴趣。我的最终目的地距离木伦还有两天路程——先到乌兹居住的村庄查干诺尔,再骑马进山,去见与驯鹿生活在蒙古国和俄罗斯边境森林的查坦人。

虽然才九月中旬,但海拔接近两千米的蒙古高原北部已是深秋,气温个位数。从国内还在穿短袖的炎热夏季来,我的行李箱里装着抓绒衣、冲锋衣、毛衣、羽绒服、翻毛靴子,所有在恩和深冬时派上用场的装备都随我来到蒙古。抵达的前一周,查干诺尔下了今年第一场雪。

不过沿途仍是秋景。聚集整个蒙古国将近一半人口、道路永远拥堵的首都乌兰巴托,热得要穿短袖,越往北城镇越来越小,人越来越少,气温缓慢降低。距离木伦两小时车程的库苏古尔湖边只是略有寒意,墨绿的山坐于湖畔。清晨浓雾,马群若隐若现。直到穿过十三座圆锥形木制敖包的入口,进入查干诺尔所在的达尔哈德山谷,衣服一件一件累加,卫衣、抓绒衣、冲锋衣。眼目中的颜色浓烈。耀金的针叶林。苍黄草甸。天空与湖泊盈满如覆薄冰的蓝。环绕谷地的山脉顶部,连绵洁净白霜。

进入山谷隘口,还要再开两个小时才到查干诺尔,平坦的达尔哈德谷地中最北的村庄。从那里往北二十公里,便进入跨越整个西伯利亚数百万平方公里,地球上最广阔的原始森林。

那时我们尚未确定进入森林的详细计划,不知晓明确的出发和回程时间。

"本打算拜访的查坦人都搬到很远的地方了。"乌兹说。

"有多远?"我问。

"很远很远,非常靠近边境。那里很有可能已经下雪了。"乌兹一边说,一边张开手臂表示距离,又把手放在小腿表示积雪厚度。

"远到没办法去吗？"我不甘心。

"很难。我们在村里，他们在森林，情况随时都在变化，很难知道他们确切在哪。我会搞清楚还有什么可能，尽快告诉你。"乌兹说。

乌兹没让我等太久。第二天一早，他就带来新消息。

因为几天前接待了一个小型钓鱼旅行团，一户查坦人家庭耽误了搬家，他们是最后一户还没前往冬营地的家庭。只是新问题在于，我们还不知道他们的具体搬家时间，也许是明天、后天、几天后，也许就是我们正在说话的现在。"我还在尝试联系他们，那户人家有卫星电话。"乌兹不敢把承诺说得太满，又留有希望。

"我们也在想，蒙古族婚礼和查坦人搬家，哪个对你来说……"在一段与父亲的密集蒙古语对话后，乌兹再次转向我说。几天后他的一个表亲即将在村里举行传统蒙古族婚礼。

"搬家。"我毫不犹豫地打断他。

"但是山上真的已经很冷了……"乌兹又说。

"你可以检查我的行李,看我带的装备是否足够。"

搬家,毫无疑问是搬家。不然为什么大费周章地来这里?在两周前乌兹给我初步设计的行程方案中,我大笔删去和观光有关的行程,比如划船去蒙古最大的淡水湖库苏古尔湖中小岛看许愿石,比如住在景观酒店享受风景。都不需要。我向乌兹申明,我唯一的兴趣就是进入森林,和查坦人待上尽可能多的时间。

因为地处国境边缘地带,自然环境复杂,交通不便,虽然难逃全球化和旅游经济的影响,但蒙古境内的几十户查坦人家庭是为数不多仍保留与数百年前相似的生活状态、与驯鹿生活的族群,也是需要在自然中更频繁迁徙的族群——春夏季平均每二十天就要搬一次家。

很难想象这样的动荡如何可能,并且仍然可能。

在恩和时,我第一次听说查坦人。那时我只知道在恩和以东、大兴安岭深处与驯鹿生活的族群,鄂温克族人。抵达那里,比去见查坦人要轻松得多。

每年夏天,一些驯鹿会被圈养在距离根河市区十几分钟车程的敖鲁古雅使鹿部落景区。花三十元买一筐苔藓就能让趴卧地面,对游人反应冷淡的驯鹿变得热情,用圆润而毛绒绒的鼻头探到人前求取苔藓。也有人往大兴安岭深处再走一些,去鄂温克族驯鹿营地,和查坦人一样,更多鄂温克族人和驯鹿在森林中生活。如今进山不困难,通往大部分营地的道路是方便行车的平坦路面,几个小时就到。

几次进山都是在冬天,积雪,零下几十度。漫长的空白。

有人家住在政府资助的移动房车,也有人家住在地窨子。在土坡上挖个洞,洞内用木头撑起内部结构,作为顶与墙,地面是原生的土,铲平。进门之后是"客厅",一张单人床作为长凳,正对着门的是炉灶。连接一米多高的火墙，作为位于房间后半部分的炕的隔挡。炕旁的小桌上有一台电视，坏了，没声音。房间右侧是储物间，放人和驯鹿的生活物资。人吃的米面、净水、蔬菜与肉，驯鹿吃的豆饼和盐砖。

太阳能发电板所提供的电量必须谨慎使用，电灯不宜常开。晚上六点，闭灯，整个地窨子陷入彻底的黑暗和空静，彻底融入大兴安岭夜幕。只剩下手机屏幕在黑暗中发出光亮，电影开场公映许可证的音乐轻微地响。一部两小时甚至三小时长的电影，进度条是令人安心的镇静剂，许诺将睡未睡的空白会有安抚。时间再晚一些，轻微的鼾声，手机里影像迷蒙的对话声，火炉里木柴燃烧轻微炸裂的声音交杂。

这里的夜太长。

冬天，鹿在很远的地方，已经十几天没回营地，在雪面踏出对称的两瓣尖齿。鹿铃在温热的颈下摇晃，声响被密林阻隔。风吹过落叶松，枝头积雪稀疏掉落，背后是下午四点就逐渐隐没的金色日光。

鹿要走到来年三月，就愿意回来了。

也差不多是这个时间，查坦人的驯鹿才会从靠近边境的林地里出来。

˙ ˙ ˙

一大早乌兹来敲门，抿着嘴笑，说又给我带来了两个好消息。

我正在收拾行李，那天是原计划的进山日。前一天晚上我们商量对策，决定无论第二天情况如何，都先进山，先前就约好要去拜访查坦人的一位萨满。至于其他安排，可以在森林里视情况而定，总比在村里干等强。只是这样一来就不能完全确定离开森林的时间，也许是一周，也许是十来天后。

另一个不确定因素来自乌兹的马夫。那位牧民是乌兹最信任的表亲，很早约好这一周他要同我们一起进山，三个人需要四匹马，三匹骑乘，一匹驮运行李。但马夫从我们抵达查干诺尔就一直处于失联状态，马在山里走失，他去找，迟迟没有回来。

乌兹担心他没按时回来让我们没有马进山，也担心表亲的安全。

"今晚我可能要睡不着了，会一直想这些事。"乌兹总是看上去十拿九稳，那天晚上也露出担心神色。我反过来安慰他，没关系的，睡醒再说，问题都会解决的。

果然第二天一早这些问题都有了回应。最后还没搬迁的查坦人家庭终于打来电话，说他们决定第二天搬家。另一个好消息是马夫终于从山里出来，一切安全，他会再去马群里找可以进山的马，争取午饭后回来。天气也刚刚好。前一天阴天，起风，晚上落雨。出发这天大晴，没有风。

前几日笼在我们面前的薄雾消散。

正式出发前，我们还需要在村里进行最后的采购，乌兹、我、马夫接下来一周的食物，以及查坦人家庭所需的物资。他们在电话里给乌兹列了清单，请我们进山时带上，这样他们就不必专程骑马来村里采买，再拖延搬家时间。清单上的物品有：白色棉布、伏特加和烟。

在查干诺尔村里采购，近似于在林中闲逛。在第一家商店买了一些糖果，第二家商店买了两瓶伏特加。第三家店买白色棉布，第四家店买了五袋饼干。第五家店终于买到一条烟。每到一家店乌兹都会遇到熟人，和老板聊上很久。中午时间，有零食售卖的商店里挤满下课的学生。这座有四五百户家庭的村庄里有一所寄宿制学校。从六七岁上一年级，只要一个孩子想读书，就可以在村里一直读到高三。如果考上大学，再到乌兰巴托去。大部分大学集中在首都乌兰巴托。在那之前，他们不必离开自己的家庭和土地。

蒙古国规定，查坦人家庭的孩子也必须接受现代教育。六七岁以前孩子跟随父母在森林里生活，到了年纪就离开。许多家庭会由妈妈陪伴一同搬到村里住，男人们留在森林。过去十几年，大部分离开森林接受现代教育的查坦人后代不会再返回森林，但查坦人的数量也并未急剧下降，乌兹更熟悉的东查坦部落，家庭数量一直维持在二十户左右。

乌兹的父亲就是从森林里迁出，再也没有回

到森林的查坦人后代。

冈巴特，乌兹父亲，他和父母、姐姐一起离开森林时只有三四岁，大约是在 1961 年。图瓦人，这是他们原本归属的族群，说与蒙古语不同语系的图瓦语。作为突厥语系，图瓦语和土耳其语、乌兹别克语更接近一些。如今大部分图瓦人生活在隶属俄罗斯联邦的图瓦共和国。

边界对图瓦民族形成的影响，可以追溯至 1727 年划定的中俄边界，索尤特人和托法拉尔人归属俄国，与他们同族的图瓦人则归在清朝版图内，其中生活在泰加森林中的托贾图瓦人以驯鹿为生。他们的命运自 19 世纪 20 年代起随着边界的变化而飘摆，起先能够自由迁徙，而后因为蒙俄社会动荡，在其中一方不太稳定时避难迁移到边界的另一侧。

留在蒙古境内的图瓦人曾经历数次驱逐，最后蒙俄国境终于固化，成为无论如何都不能随便僭越的边界。蒙古国境内的图瓦人从 1955 年起陆续被登记为蒙古国民，他们被要求搬离森林、放弃驯鹿，定居在山谷里的村庄①。查坦人，Tsaatan，是蒙古人对他们的称呼，意思是和驯鹿一起生活的人。但在图瓦语中，他们自称杜哈，dukha。

比起蒙古人，冈巴特更认为自己是杜哈，是查坦人。虽然他很小便随家人移居达尔哈德山谷草原，接受蒙古语教育，在乌兰巴托上大学学医，在蒙古部队服役，回村娶了蒙古妻子，但他和族人与森林的关联从未中断。

上学时，冈巴特会在假期回到森林，和仍在放养驯鹿的祖母一起生活。那时蒙古政府再次改变政策，允许查坦人回到森林——山谷草原与泰加森林之间的天然边界，也是驯鹿与传统牧畜的边界，驯鹿无法在草原生存。因此，查坦人和定居牧民，只能选择一种身份。工作后，在查干诺尔村里的医院工作的冈巴特也频繁在查干诺尔和森林之间往返。要到山里查坦人的营地给病人看病，骑马七八个小

---

① 可参见 Opción: Revista de Ciencias Humanas y Sociales（2018 年第 14 期）中，Elena Ayizhy、Dmitry Kanunnikov、Salbak Mongush、Sayana Mongush 的论文 The tsaatans borderline life (based on field research)。

时是常事。

即使没有这些联系,冈巴特也会在每年夏天回到森林,回到他出生的谷地。

那是查坦人春夏流转的其中一处。冈巴特出生时是六月,全家刚刚搬到那里,帐篷还没完全搭好,婴孩就落了地。

一切都是新的。

新的营地,新的生命,新的驯鹿奶茶,新的火,新的肉汤。一切都是新的。

比冈巴特年轻一些的查坦人,大多都被要求在医院里生产。就算仍在森林中出生,也少有确切知道出生位置。但冈巴特的家人记得,在他们所知道的查坦人之中,冈巴特是在那片谷地出生的唯一一个查坦人。唯一一个,冈巴特和乌兹说起时骄傲。那片谷地也许诞生过驯鹿、松鼠、兔子、松子、草籽在它们落地之处生长,但人类似乎只有这一个。

三个月前,接近七十岁的冈巴特再次独自骑马七个小时,回到他的谷地,过去三年因为太忙没能回去。翻过最后一座山,在山顶远眺谷地中的帐篷营地，冈巴特几乎要哭出来。从山谷吹来的风似乎认得他，在吻他的脸颊。回来了呀，回来了呀。

所有查坦人家庭也都认得冈巴特医生。每次回到谷地，冈巴特都会住上几天，赤脚在谷地里走。出世时谷地用柔软温润的泥与草承托赤身的冈巴特。每一年回到谷地，他用皮肤而不是织物与土地、植物、溪水亲近，它们仍然如此承托他。山谷也照看着他。身体有病痛时，冈巴特就在回到谷地时向自然祈祷，躺在土地上，请谷地医治他。病痛就会消失。

谷地像宽仁的长辈。山，河流，瀑布，风。牧草，灌木，松林。黑隼、雪鸮。都是姐妹弟兄。他听得懂自然族人与他说话。不是人类语言，是谷地语言。

哗哗——噗噜——呜——

他相信谷地里的一切都熟识他。

∴

最后，乌兹的另一位表亲，同样住在达尔哈

德谷地边缘的沙瓦作为我们的马夫一同出发。先前那位早上进山找马的表亲午饭后仍然未归，再次失去联系。

不紧不慢的蒙古节奏。一会儿要去那位还在山里找马的表亲家里坐坐，一会儿和沙瓦家的狗在草地上玩闹，明明刚才还在附近的沙瓦过了一会儿就不见了，屋里睡着不明身份的男人。沙瓦终于牵着四匹马回来，他的妻子和他一起搬出形制不一的马具备马。行李在草地上摊开，沙瓦和乌兹把它们塞进马鞍包，层叠堆好，用布带从两侧捆紧。一板鸡蛋无处安放，乌兹和沙瓦分别试图塞进他们的蒙古袍子里，失败，最后绑在我的马鞍后方。

原本计划的午饭后出发，到正式上马时已是傍晚六点多。沙瓦走在最前面，牵着驮运行李的马。我身上穿的是乌兹母亲的冬蒙古袍，长至小腿的下摆能在骑马时护住膝盖，上身也像裹了一层被褥。

穿越松林，衣服褶皱里盛满细碎的金色松针。从日晒山谷骑到暗夜林间，我们又饿又冷地钻进要借宿的查坦人家烤火避寒。女主人甘图雅拿出面包和装在方形塑料盒里的橘色杏子果酱，倒微咸的驯鹿奶茶。锥顶帐篷里挂着一盏照明灯，和褐红色铁制火炉中的火光一同提供光线，勉强看得清人脸。手机在离开查干诺尔之后便失去信号，山里起风，刮得帐篷上覆的帆布啪啪作响。一阵一阵的雨点击在头顶的帐篷表面。

"现在去萨满那里吧。很晚了，她还在等我们。"刚坐没多久乌兹就提议。

"天已经这么黑了，怎么看得见路？"我问。

"噢，不要紧，马懂得路。"

乌兹和沙瓦起身，掀开用一根横木和帆布做的软门，走出帐篷。

"想好问萨满的问题了吗？"去萨满家的路上，乌兹问我。

"还要再想一想。"我没能马上给出回答。我们只有这一个晚上能够去见萨满，请她做一场图瓦传统的与神灵沟通的仪式。东查坦部落目前仅有的两位萨满，她是其中一位。另一位萨满是男性，可惜在我造访时他暂时回到查干诺尔和家人居住，做仪式需要的法器都留在了森林里。

宗教史家米尔恰·伊利亚德（Mircea Eliade）在《萨满教：古老的入迷术》中，将萨满教定义为"一种古老的癫狂术，它同时是玄想、巫术和最广泛意义上的'宗教'。"他在研究中指出，严格意义上的萨满教主要指西伯利亚和中亚的一种宗教现象，而萨满这个词本身就来自通古斯语。

查坦人所归属的图瓦族群，有如今仍保留着较为完好的通古斯萨满文化。来自图瓦共和国最著名的历史学者、萨满文化研究者之一蒙古什·肯宁-洛普桑（Mongush Kenin-Lopsan），就出生在一个有萨满传承的家族中。他的父亲家族中有一位名为杜卢什·唐德克的萨满，能够赤脚在篝火中呼唤雨水、赶走冰雹。他母亲的家族中则有身为萨满的祖母。20世纪30年代，图瓦有超过七百名萨满，然而在苏联统治时期，萨满实践被禁止。肯宁-洛普桑的祖母就曾因萨满身份被抓捕、判刑，送入集中营，直到1969年才得到正名。肯宁-洛普桑通过关于图瓦萨满的诗学与历史民族志研究，在图瓦境内收集萨满相关的民间传说、神话故事、音乐歌谣、神圣仪式与口述历史,以复兴图瓦文化的传统精神世界。祖母在肯宁-洛普桑九岁时,就曾预言这个男孩未来将成为一名伟大的白萨满。

然而我们即将拜访的女性萨满,没有太多传奇色彩。她并非来自萨满家族,也并非从小拥有萨满天赋,在三十七岁时才显露成为萨满的迹象,跟随西查坦的一位老萨满学习。她和女儿生活在森林中,不履行萨满职责时只是一名普通牧民。"成为萨满不会让她获得更多东西,但她会得到族人的尊重。"乌兹说。他不清楚这位萨满在三十七岁那年发生了什么,让她最终成为一名萨满。

月亮原本被厚云遮住,却在我们出发之后不久露出云层,照得周围树木清晰如在白昼。农历八月十四的月亮几近圆满。很快,我们到达萨满住处,一座三角形的斜顶木屋。两侧斜顶几乎落在地面上。

萨满在等我们。

乌兹递上一瓶伏特加、一包糖果、一袋糕点,仪式开始前,它们是供奉给神灵的礼物。他们用蒙古语轻轻交谈。燃出香气的侧柏,由三岁母麋鹿皮制成、有九道棱边突起的萨满鼓。兔皮靴。镶着黑色鹰羽英气光泽犹在的头饰,上面有神明的眉眼。

"还有其他问题吗?"萨满拿起鼓,用蒙古语向乌兹最后询问。

没有了。除了那一个算不得是困惑的问题。"要不我就问,有没有要特别提醒我注意的事呢?有没有我没留意到,或者忘记它很重要的事?"进屋之前,我和乌兹讲。想了又想,没有什么一定要解答的问题。

我们安静地坐在旁侧。

从内向外照射的灯把萨满的巨影投在倾斜的屋顶内侧,模糊地晃动。

"一切都很好,在我看到的未来里,你没有任何需要担心的。"萨满停下,请乌兹翻译给我听。"我看到你们的钱包正在打开,钱像河水一样流出去了。"她对乌兹和沙瓦说,并给予建议,要前往和祖先有关联的某个特定地点祭拜祈福。随后三人依次上前跪坐,萨满举起布鞭,甩打我们的后背,驱除不洁。

"一切都很好,没有任何需要担心和特别注意的。"结束仪式之前,萨满再次确认,并请乌兹转达与我。

真的吗?乌兹和沙瓦都得到了他们并未事先要求的提醒,而我却没有得到任何。真的没有任何需要担心和注意的吗?哪怕一点点呢。难以置信。尽管此行的目的并不是解答具体困惑,只是好奇一个古老族群仍保持的与自然紧密连接的文化仪式究竟是如何进行的。我专心记录萨满在仪式中的每个动作,仔细聆听所有唱词,但得到这样的答案仍然令人错愕。我有些耿耿于怀。

"哈,萨满说得没错,一切都很顺利。"乌兹悄声补充。他说的是我们见面后的那件事。根据规定,查干诺尔靠近国界,进入需要在木伦办理边境许可证,蒙古政府机构的办事效率本来就低,在乌兹将近十年的向导经验中,最快也需要半天,第二天才办完也不稀奇。但我的边境许可证从递交申请到下发,只用了一个小时。乌兹接到电话通知时也感到诧异,这样的速度十年来从未遇到。

也许是吧,一切都会很顺利。我在回程路上安慰自己。否则无从解释为何在前往萨满家的路上,大风和雨突然止息,明朗月光照亮需要在密匝树杈间小心穿行的山路。回甘图雅营地的路上,月亮也一直照耀,等我们钻回帐篷,云层才重新将其覆盖。

· · ˙ ·

"你确定真的会骑马,对吧?"离开山谷之前,乌兹和我确认。这个问题之前他就问过几遍。再次得到肯定回答,他还是不太放心,又问:"最长连续骑过多长时间?"那时我不知道从山谷边缘骑到最远的冬营地,连续不停地骑,最快要十个小时。乌兹也没有说。

第一天从山谷边缘到达沃塔和甘图雅家,两个多小时。第二天要赶着五六十头驯鹿连续不停地骑六个小时到中途扎营地。过一夜,第二天再继续骑两三个小时,才能到最远的冬天营地。一直朝北骑，越来越远离查干诺尔和达尔哈德谷地。从九月到来年二月，七八户人家的两百多头驯鹿将在那里度过最低温度零下五六十度的寒冬。

对驯鹿而言是适宜天气，它们适应在深达一米的积雪上行走，寻找苔藓。对于人类来说寒冬才是难挨的。所有家庭护送驯鹿到冬营地，住上一个月，留下不同家庭男性组成的驯鹿看护队，其他人回到距离山谷十公里左右的营地或查干诺尔村里居住。驯鹿看护队的男人们大约每两周进行轮换。冬营地只有搭设于野外的锥顶帐篷。

搬家，就是从一个锥顶帐篷搬到另一个锥顶帐篷。查坦人叫 urt，乌尔特。

达沃塔和甘图雅、女儿女婿和他们四岁的小儿子分别住在两座乌尔特里。打包，迁移，还原。打包，迁移，还原。两天时间里，他们把家拆开两次，又还原了两回。第一次的拆除打包麻烦些，因为再次从冬营地返回时不会住在这里，下一次回来也许是很久之后，接下来两天还有八个小时的路途，东西尽量精简。没必要带走的家当就暂时存放在树上的木台——几棵树之间比人略高处的木台，是可以防止动物翻扰的露天仓库。

乌尔特表面的覆布被拆除，露出支撑起结构的长条树干。内部地面的木板、用两根半圆粗木垫高的木板床透出来。一个家的骨架。

家的血肉筋骨是乌尔特表面的覆布、被褥、衣物、厨具，折叠归总收纳在驯鹿鞍包里。驯鹿体形小，力量也不如马，每头驯鹿只能驮运相当于两个小背包的物件。而一个家庭的所有物件，只需要四头驯鹿。所有物件。最大的物件是铁制火炉，从乌尔特顶部的敞口伸出去的圆柱形导烟管被拆成几截，火炉主体绑在驯鹿背部正上方。驯鹿喜欢时不时猛烈晃动脑袋和身体，像刚出水的长毛犬，火炉也随着叮叮当当。

用来做床的木头和隔绝湿气的地面木板单独存放，下次回来还原成家的骨架。树干围成家的虚线轮廓和森林融通。前一夜觉得内里宽敞的乌尔特，再看只是在地上围成了小小一个圈。

上马。两个男人各自牵住被连成一串的搬家

驯鹿，四岁男孩被绑在父亲身后，也跨着马。女人们将其余驯鹿两两系在一起，跟在最后。驯鹿比马走得更快，也更分散。鹿群均匀地摊开在地面，女人们驱着马去赶。乌兹招呼我跟紧："一旦我们停下，就会再也追不上他们了。"

冬天正式来临之前，我们跟着最后一个查坦家庭和他们的驯鹿往北去。

这条迁徙路线是东查坦人每年的必经之路。只有这一条路。达沃塔和甘图雅过去两年曾试着在冬天寻找其他更近一些的营地，但都不如这个营地理想，于是今年决定还是和其他家庭一起返回旧地。他们的祖辈，他们祖辈的祖辈，驯鹿的祖辈，驯鹿祖辈的祖辈，每年冬天都在那里度过。穿过一条名字叫海的宽阔河流，山顶的中途驻扎营地也是固定地点。乌尔特骨架在路途中等待。

两天之后，我们在中午抵达最终的目的地。先前到的查坦家庭，在一条小河与森林之间的缓坡立起两顶乌尔特。绿色的乌尔特，覆的不是先前的军绿色厚重帆布，而是亮绿色的薄塑料布，轻便得多。

亮绿色的乌尔特在金色原野中格外突出，远远就能望见。

人有了方向。

马和驯鹿四散觅食，在河中饮水。乌兹和沙瓦在一旁打开简易露营帐篷，准备烹饪午餐。其他家庭的男人早早出来等候，帮忙搭建乌尔特。乌尔特比能够直接成型的露营帐篷要复杂得多。达沃塔和甘图雅和女儿一家分别选定两处适合的空地，立起顶部用绳绑紧固定的三根长条树干撑成三棱锥，树干另一头戳进土里固定，之后再以顶点为圆心累靠新的长条树干。三块塑料布面足以围住所有表面，单独留出大一些的空当做门。

一顶乌尔特最重要的部分，就是火炉。垫平地面，架好火炉，烟管向上直通天空，男人们抱来木柴，点燃炉火。木变成烟，徐徐涌出。乌尔特活了过来。

一切都是新的。新的火。

甘图雅招呼我到已经燃起火的乌尔特里坐，烤火取暖，我立刻抛下露营帐篷边的乌兹和沙瓦。比起露营帐篷，乌尔特更像一个家。虽然它并不完全封闭，但为人在空旷野地之中围出一个家。一个好像可以一直住下去，又可以随时带走的家。一个对所有人敞开一切的家。

软门的右手边是洗漱包，里面塞着牙刷牙膏和毛巾。左侧是厨具，舀水的红色塑料大勺、舀汤和奶茶的汤勺、装刀的黑色袋子、刷锅的枯枝束。它们牢牢夹在长条支柱和扯紧的塑布布之间，用完随手塞回去。地上是储水的塑料瓶，最常用的圆形弧底大锅。每天早上甘图雅起床后的第一件事，是把锅架在火炉上，加水，从铁罐里抓些碎茶叶投入，再撒盐。等淡茶煮开，用汤勺滤出碎茶叶，加入驯鹿奶。刚刚挤出来的驯鹿奶喝起来像稀薄的酸奶。咸驯鹿奶茶煮好之后灌在保温水壶里，就是全家人一整天的饮用水源。垫褥和被子卷在最里，达沃塔和甘图雅闲时半卧在草地上，倚着被褥。此外还有一些电器、太阳能储电池、太阳能灯。木头支架上竖起一根爬犁状天线，卫星电话得以工作。

但最让我不解的，是一只苹果样式的时钟。每每扎营，甘图雅都会把这只苹果郑重挂在正对着门口的位置，但我从未见到需要依照具体时间安排事务的时候。在中途扎营点那夜，帐篷中最张扬的声响，来自那只看不出其必要性的苹果时钟。咔嗒，咔嗒。咔嗒，咔嗒。齿轮们精准地与彼此咬合。一时恍惚自己是否身处荒原。

, . , .

"今天是甘图雅生日，午饭就由我给她做，大家一起吃吧！"乌兹说。在中途扎营地醒来的早上，甘图雅才告诉乌兹第二天是她生日。

乌兹拿出土豆、胡萝卜、洋葱、羊肉，还有意大利面。这些食材煮在一起，是每天都在吃的羊肉汤意大利面。出乎意料，牧民最常吃的主食是意大利面，通常是圆管面。也不意外，意大利面干爽、质地硬，方便保存，不怕摔碰，羊肉汤煮开之后撒上一把煮熟，一锅里什么都有了。在这样的大风天，一边烤火取暖，炉子上煮着羊肉汤意大利面，喝一碗整个身体都暖和。

我盼望可以喝一碗羊肉汤意面的时候。虽然羊肉被裹在敞口塑料编织袋里,不知道存了多久,也不能细想是否沾染泥尘。太冷太冷,一碗羊肉汤意面可以隔绝所有寒冷。我一边喝汤一边感慨,太好吃了,丰腴羊油是最上等的美味,回到国内我一定会做给朋友们吃,草原食材和意大利食材的完美融合。完全不计较每一天都在吃羊肉汤意面,重复的食材和做法,都不紧要。

"不,你不会的,这种食物只有在这里,在这么冷的天气,才好吃。"乌兹和我打赌。

似乎只有我和同行的沙瓦家的小狗布鲁格特感到冷。

我永远是穿得最多的人,比甘图雅四岁的小外孙裹得还要严实。哈!娇弱的外来者。毛帽毛靴,加绒衣裤,羽绒服外再套乌兹母亲的蒙古袍,羊毛围巾把半张脸和脖颈围紧。再看甘图雅,一件秋衣,一件毛衣外套,或者一件蒙古袍子,就够了。甚至连袜子都没有,用一块布卷一卷脚,穿进雨靴或单层马靴。他们徒手干活，我冷得手套都不敢摘下。荒原一定会毫不留情冻死无所事事的闲人，我想。

自从进入森林，几乎每一夜都睡得艰难，越往北越难。在没有木板床架的帐篷里，垫褥直接铺在地面。即使睡前火炉烧得旺，半夜也会冷下来，地面的湿冷也把垫褥熏透，寒意隔着两层睡袋透进身体。只能在半梦半醒之间等天亮，等达沃塔和甘图雅起床，重新燃起新的火，我也顺势起来，手脚靠近炉子取暖，烤得面颊滚烫。到后来，入睡成为让人恐惧的事。要怎么与把一切水汽冻结的寒意抗衡？

在冬营地的最后一夜，我梦到森林里走出一只动物，外表凶狠，它坚决地向帐篷走，钻了进来，卧在我身边。梦结束时我再次被冻醒，迷迷糊糊听到什么东西摩擦帐篷盖布的声音。软门被顶开。确实有动物进来。确实有动物朝我走过来。

是布鲁格特。它嗅了嗅我，紧贴着我蜷下。我伸手摸它，毛发上全是尖利的细小冰碴。它微微发抖，挨着我而不是主人沙瓦继续睡。

原来你也感到冷啊，布鲁格特。

布鲁格特是蒙古语里的鹰。小狗"小鹰"只有半岁，女孩。出发前布鲁格特不顾沙瓦让它赶紧回家的指令，执意要跟着我们走。于是我们一起穿越六十公里的森林、苔原、河流，来到海拔爬升了几百米、气温在夜间跌至零下十几度的冬营地。它第一次跟着沙瓦走那么远的路。我们每天和布鲁格特分享食物，早餐鸡蛋火腿面包，晚餐羊肉土豆胡萝卜意面。但它和查坦家庭的其他狗一样，不被允许进入帐篷。

驯鹿和狗都一样对帐篷好奇，里面有火，有食物，会趁人不注意用鼻子拱开乌尔特的边角，探头往里张望。驯鹿莫名发起狠来，甚至会不断撞击布面，企图用硕大的开始硬化的鹿角顶开障碍，一点没有平日的温顺。

因此达沃塔和甘图雅在冬营地搭好乌尔特后的第一件事，是为四头两岁的公驯鹿做绝育。以防它们在发情时狂躁，惹出更多祸端。其他帐篷的男人们也聚了过来，这件事需要人手。

查坦人阉割驯鹿，似乎比恩和牧民骟马场面

更亲善些。

先前乌兹代买的白色棉布在这时用到。甘图雅把白布裁开，剪成长条。达沃塔借炉火点燃侧柏，在白布条上绕圈净化。他们的乌尔特外，四头驯鹿依次隔开，拴好，一侧角上扎着被侧柏熏过的白布，保护它平安。实施绝育手术的草地四角用白布扎在干草上，这是洁净的区域。甘图雅用小碗装了驯鹿奶，绕着围起来的区域走，一边将驯鹿奶洒向天空，一边为即将经历阉割的驯鹿祈福。

照旧是男人们摁住驯鹿，驯鹿也依然会在过程中疼得挣扎。负责动刀的男人戴眼镜，动作温和，慢条斯理地在皮肤上割开小口，系绳，打结。结束后对驯鹿吐上三口唾沫，告诉驯鹿，是我对你做了这件事，是我，但这是为你好，不是要害你呵。随后达沃塔按着驯鹿头转三圈，边转边念，从今往后，你就好好做头骑乘驯鹿吧。被阉割的驯鹿体形更大，更适合做骑乘驯鹿。

我坐在木桩上看，同样的程序重复四次。像一场没有萨满的仪式，每个人都郑重履行仪式中的规则。

是的,这些驯鹿并不拥有完全自由,它们不是野生驯鹿。不能作为种驯鹿的公驯鹿,没有交配权利,这是控制无疑。但人并不避讳,承认自己对驯鹿做了什么,天地可见,坦坦荡荡。人也不避讳自然的情感。自然地表达敬畏,知晓自身渺小,祈求神灵护佑。自然地表达愧疚与感谢,愧疚对驯鹿做了顺应人需求但违背它本性的事,请它原谅,也感谢驯鹿成为人在荒原的伙伴。自然地表达挂念与期许,一切洁净,顺遂,平安。

四头驯鹿甩着脑袋逃开,男人们一起回到达沃塔和甘图雅的乌尔特。达沃塔拿出伏特加,倒满拇指长的小酒杯,下面垫上蒙图纸币,递给所有帮忙的人。喝之前用无名指点一点酒洒三下,敬天地神灵,再喝一大口,把杯子还给达沃塔。帮忙的人感谢完,剩下的酒所有人分,达沃塔为乌尔特中的每个人斟酒,一人饮完,满上,再给下一个人。

乌兹和我溜出乌尔特,回帐篷拿香槟。在木伦采购时我们多买了一瓶香槟做礼物,乌兹把它塞进行李带进森林。没想到正好碰上甘图雅生日,我们决定把香槟送给她。

"太好了,这是我最想要的礼物。"甘图雅笑得腼腆。

早前给乌兹列需要的物资清单时,他们提出必须要有的、给驯鹿做完阉割仪式后的伏特加,却没有提及甘图雅生日想要的香槟。她说不好意思,想在森林里庆祝,又怕给我们添麻烦。但就是这样巧,甘图雅在生日这天和全家及驯鹿一起抵达冬营地,意外得到想要却不敢吐露的礼物。

女人们单独坐在乌尔特里的一侧,邀请我加入,一同席地而坐。男人们喝伏特加,女人们喝香槟,一同祝女主人甘图雅生日快乐。

炉火烧得滚烫,酒精叫人迷神。查坦牧民唱起蒙古歌谣。

晨曦已逝,
水鸟啁啾,
旋律自灵魂而出,

宽阔土地上的秋日啊,
无际原野上的秋。

歌声涨满乌尔特。圆月悬在雪山之上,驯鹿在山坡卧眠。

· · ' ·

鄂温克族人芭拉杰依,七十三岁时在她的自传体小说《驯鹿角上的彩带》后记中,回忆自己所在氏族的源流。

"二百多年前,我们的民族从勒纳河流域雅库特地区的鄂列涅克等地出发,带着自己的驯鹿,边打猎边前进,顺着勒纳河的流向,穿越东西伯利亚地区的山脉、河流与峡谷,到达黑龙江上游。后来我们渡过额尔古纳河,进入现在的大兴安岭原始森林里开始狩猎生活。我属于柯他昆氏族,我们的传统驯鹿游牧地在贝尔茨河一带,称作贝茨特莱迁,另外还有矛迁、库然迁和阿尔巴吉迁。"

1949年之后，芭拉杰依和鄂温克族人经历过三次定居迁徙。不同于以往在森林中的游牧，这三次迁徙都越来越远离山林。1958年，鄂温克族人第一次定居于呼伦贝尔北部的奇乾乡。1965年，他们从奇乾乡迁至满归镇十七公里，那里如今被称作老敖乡。2003年，因为大兴安岭天然林保护工程，鄂温克族人生态移民至现今根河市郊的新敖乡。

从森林到城市，一步式跨越。媒体喜欢问鄂温克族人是否适应。

2002年，最后一次迁移前夕，芭拉杰依的女儿、鄂温克族画家柳芭作为鄂温克族人代表，被请到电视台录制节目。柳芭曾在中央民族大学学油画，是鄂温克族人中的第一位大学生，毕业后成为一家出版社的美术编辑，但因不适应城市生活又返回山林。

可回到山林也有诸多不适应，柳芭离家出走。最后她在距离森林近两百公里的恩和定居，结婚，继续画画，生下一个女儿。"不管回到山上，还是山下，总是感觉心里空空的，像是飞光了鸟的林子，有一种说不出的孤独，没人会理解我，我又开始偷偷喝酒了。"在1992年拍摄的纪录片《神鹿呀，我们的神鹿》中，柳芭在旷野中走，说出这样的独白。

柳芭无疑是一个有戏剧性的采访对象。在那期以鄂温克族人定居为主题的节目中，男主持笑盈盈地问："你觉得那些要从山里面搬出来，到城里来生活的鄂温克人，会变得跟你一样吗？"

"你今年已经四十二岁了。"男主持人笑。他停顿了一会儿，看了看桌面上的稿子，继续说，"会不会像钟摆一样，你的人生就这样注定了，要在城市和山林当中来回来去，来回来去？"

"那是肯定的。"柳芭说，"离不开城市，也离不开山林。"

"你们部落迁到山下之后，你会去哪，还会回到山林中去吗？"男主持人问。

"那里没有人了，我怎么去？我只能去看一看。"柳芭眼神飘移。

"一个空的森林，是这种感觉吗？"男主持人脸上仍然带着笑。

柳芭捂着眼睛哭。

节目的最后,男主持人邀请柳芭为观众表演鄂温克族传统歌舞。柳芭在主播台前的空地上唱起鄂温克民谣,边唱边跳。能歌善舞的鄂温克族人。

这次采访结束后不久,柳芭回到恩和,一次饮酒后在河边洗衣,意外溺亡于哈乌尔河。

如果不在森林,大部分鄂温克族人居住在敖鲁古雅鄂温克民族乡,到根河市区四公里。比起查干诺尔到木伦二百八十公里的距离要近得多。在敖鲁古雅乡的几日,我住在一位鄂温克族人的家里。没想到突然会有客人入住,民宿男主人上午还在家里的客厅锯冰冻鹿茸片,地面一片暗红的碎屑。他扬手让我进屋,一边不好意思地清理地面。

这是一幢深棕色的二层小楼,斜顶,带一个车库。二楼有两个卧室、一个卫生间,一楼是客厅、卧室、厨房和公用卫生间,客厅墙面的玻璃宽大,视野很好。2003年敖乡刚建好时,每家只有一层平房,2008年,根河市政府邀请芬兰一家公司对敖乡进行重新规划设计,原本的白墙平房变成现在的深棕色的二层小楼。北欧风格。

民宿女主人在根河市区工作,先生打理民宿,还在敖乡开家驯鹿副产品店,卖鹿茸、鹿角、鹿胎膏、鹿鞭、鹿心血。民宿客厅里的玻璃柜里摆满样品。旅游旺季时,民宿价格最高可以卖到八百元一晚。

一切都可以和旅游挂上钩。

鄂温克族人最早定居的奇乾乡,如今也是呼伦贝尔旅游的目的地之一,和室韦一样紧邻中俄界河额尔古纳河,对岸就是俄罗斯,界碑121号。河岸边立着巨大的木牌,写着"额尔古纳河右岸",与迟子建小说同名,因为这是小说情节的主要发生地。不过抵达目前只有七户人家居住的奇乾,比其他目的地更困难一些,需要预订村里唯一一家民宿,再由民宿老板打电话给公路卡站放行。

满归十七公里的老敖乡,十年前被一位来自东北的老板承包,新建了不少撮罗子(和乌尔特一样结构)和驯鹿雕像,一部分房子被改造翻修。据说原本要接待游客,因为一些原因一直耽搁。老板装修了其中一栋房子,门口右侧墙上挂了黑熊头,每年来短期度假,剩下的时间由一位来自大庆的男人替不常来的老板看守。有三十五座木刻楞的鄂温克族人原定居点，如今只有这一位大庆男人常年居住。

根河的新敖乡也不例外。驯鹿文化博物馆门口的展板上有详细的敖鲁古雅景区升级改造项目简介。目前规划和建设的项目有婚庆基地、敖鲁古雅宾馆、研学撮罗子自营地、高端旅游露营基地、猎民之家特色餐厅酒吧、改造为公共文化中心和艺术之家的锅炉厂房。其中十二户居所也将被旅游公司统一改造，冠以新的民宿品牌对外开放。

六十二栋鄂温克族人的民居，被这些即将成为现实的许诺包围在其中，是定居点，也是景区的一部分。"传统"正在演进成全新的生活样态。

过去几个家族为了更好抵御森林中的风险形成聚落居住，共同打猎、分享食物、合力照顾驯鹿群的生活形态已成为历史。现在的猎民点多以小家庭为单位，在森林中的生活是原子化的，像各自独居于一室的都市人。放养驯鹿更像是一份工作，一种选择，而不是非此不可，自家人养，也可以雇人帮忙，定期轮班。搬迁不再那么频繁。森林中的撮罗子多是展示,看,我们的族人以前住在这。

但查坦人的乌尔特又能存在多久呢?

* * * *

"如果查坦人有足够的钱,也会雇人来帮忙看护驯鹿的。"乌兹说。即便抵达困难,查坦族群仍然不可能不受现代文明、全球流动和旅游经济的影响。煮在羊肉汤里的意大利面。爬犁一般指向天空捕捉信号的卫星电话。乌尔特里的苹果时钟。空闲时雕刻骨质化后的鹿角手工艺品,出售给在夏天旺季来访的各国游客。再拥抱旅游生意一些的查坦人,在靠近村庄的森林边缘修建度假木屋,让游客住得更舒服。

几十年前,蒙古政府数次试图将查坦人驱逐至图瓦共和国。但曾经不被接纳的族群,如今被同一个政府视作这个国家的珍贵旅游资源、值得骄傲的游牧文化样本。乌兰巴托的国际旅行社擅长为国际游客安排前往边境的行程,去西部看猎鹰部落,来北部泰加森林看查坦人。"最后的驯鹿游牧民族",世代传统的余晖是闪耀的招揽话语,值得特意前往,即便路途困难。游客通常在查坦人的营地中住一两晚就离开,但抵达与返回的时间是停留时间的至少三倍。

被驱逐。被珍视。被观看。是人类对人类。

新的影响总是不断发生。数千颗星链卫星升入天空,形成新的星座,新的天际景观,也让没有手机信号的查坦人营地连通了 Starlink 无线网络。到达冬营地的第二天,甘图雅的女儿决定不顾麻烦再次搬家,搬到更靠近无线网络基站的地方,离几百米外其他查坦家庭的乌尔特更近一些。二十多岁的年轻人,更需要充满电的手机和网络。甘图雅也同意和女儿一起搬家,离开有木床的旧营地,去重新寻找平整地面。前一天刚刚安置好的乌尔特再次解体,在新的地面长出来。

这一次不为驯鹿搬家,为一块平平无奇印有 X 图样的白色面板搬家——连通电源二十分钟,将白色面板朝向天空,就能够与世界上几乎任何地方的人相连。睡前,甘图雅的手机屏幕发亮,她用手指在玻璃表面滑动。

白天,达沃塔和其他男人们骑着驯鹿进入密林,去找走失的鹿,几天后才能回来。

●●'●

你确定,真的没有任何需要提醒我注意的事情吗?离开冬营地那天的路上,我实在很想穿越回几天前,再次问问萨满。

告别查坦人,启程往回走,这一天的行程是要往回骑至少八个小时。几乎不休息地骑,也至少要八个小时,乌兹告诫我。我当然懂得,怎么可能骑得快。林地之间是大片看不到尽头的苔原,危机四伏,几乎都是湿软泥地,暗藏可能会陷入的沼泽。来的路上,甘图雅女婿的马踏空落进泥潭,污泥很快没到马背。他和儿子下马,四个男人合力拽马,才把马艰难从泥沼里拖出来。荒原会无声无息吞没落陷之物,并且无从提前知晓,获得预警。大部分路途都在苔原上。每一步都要小心,或祈祷马小心机敏。精神紧张,心总是悬着。我清楚自己作为人类的局限,只能仰赖和信任马。马领我们穿过沼泽,跃过河沟。

但问题在于,在需要骑行八个小时返程的这天,起床时我发现自己应该是发烧了。全身发冷,脑袋昏沉,呼吸发烫。

太冷。身体不适应寒凉潮湿的草地,每夜都被冻醒。在睡袋里小心辗转,衣服和睡袋光滑的尼龙面料摩擦出窸窸窣窣的声音,觉得自己像一条即将板结的鱼,表面结满白霜。每天早上醒来,我钻出冰凉的睡袋,如释重负地穿好外套,结束睡眠这项酷刑,乌兹都会不解。他指点我,一定是你使用睡袋的方式不对,在睡袋上盖蒙古袍和羽绒服的位置不对,它们会往下滑。怎么会不冷呢?你看我们都不冷嘛。

你当然不冷。你是两百多斤的壮汉,你从小生活在这里,怎么能用你来和我比呢。我对乌兹也生出隐约怨怼。虽然他每夜都想出新的办法试图让我暖和起来,比如他和沙瓦睡在靠近乌尔特边缘的地方,挡住风口,让我睡在更靠近火炉的位置。没有用,还是没有用,我对被照顾仍冷得无法入眠的自己不满。

计划详尽准备周全,却独独因为相信向导说他会准备,为了减少行李没带自己的厚睡袋。在勉强套了两层的薄睡袋里睡得很不舒服,每夜都在懊悔为什么没坚持带熟悉的睡袋。要怪还是得怪自己的户外经历不足,过于相信素未谋面的向导。我对没有预知风险而疏忽大意的自己不满。

但我没有告诉乌兹我不舒服。如同不理解我在两层睡袋中依旧感到冷,他也许也不会理解好好的我竟然会发烧。又或者他会因此建议我们再留一晚,等身体好些再走。不,不要再停留更多时间了,我只希望尽早离开。

一周以来最好的天气,没有一点云,苔原上也没树荫遮挡,日头猛烈。太阳不吝啬把所有热量都聚焦在一点之上地灼烧着我的头顶、脸颊,分不清浑身因阳光炙烈还是因发烧而滚烫。为什么要到这里来？为什么非要到这里来？我听见太阳拷问我。它在天空移动位置，却丝毫没有减弱拷问的力道。从脑袋右侧转移到头顶上方，紧盯着我。

中途不能停下太久，四个小时后我们休息了十来分钟，喝水壶里的茶，吃了几块点心，继续往前走。那时一切不适还在忍受范围，只是疲惫，但还能在马鞍上坐稳，在深浅不一的步履中保持平衡，还有力气在地面平坦一些的地方催马快些走，跟上乌兹和沙瓦。我骑的白马二十五岁，相当于人类年龄八九十岁，它足够年长，足够明白自然的风险，信任它自己的经验更胜过我的指引，对一切可疑地势都保持谨慎，缓慢试探，大部分时间不理会我的催促。

忍耐的边界逐渐模糊。渐渐，身体渐渐绵软，头更沉重，维持平衡变得艰难，没有额外力气提醒白马快些走。我扶着马鞍前方的铁环，倚着它不让身体倒伏下去。眼睛快要睁不开。会烧得失去意识一头栽下去吗？真的能骑得到目的地吗？会不会有更严重的症状？而我们在荒原中间，距离有医院的查干诺尔最快还有一天路程。

"还要多久？"我问乌兹。

"两个小时，至少。"乌兹在前方回答。

时间失去意义。两个小时，三个小时，五个小时，六个小时。荒原怎么这样阔大，永远无法走完，太慢了，走得太慢了。隆起的山就在不远前方，却好像永远无法到达那样遥远。我不知道自己此刻身处何处。从木伦开往查干诺尔的路上有处景点，北纬50°、东经100°的交界点。50、100两个数字被制成硕大标志立在半山腰，木头栈道蜿蜒而上，游客往上爬。山知道自己的位置是北纬50°、东经100°吗？山在乎吗？

但此刻我多么希望有一张清晰的经纬从空中降下来，渴望一个确定的系统，知道自己的位置。渴望能够有人精准地告诉我，路程还有多久结束，精确到分秒，或精确到马的步数。那样疼痛和疲惫似乎就是可以忍耐的。

源自身体的疼痛和疲惫不能被否认，只能被

忍耐。

很想再次问问萨满，这些难道不是需要提醒我注意的事吗？会睡在零下十度的湿冷草地上妄图用薄褥抵挡寒气简直是天方夜谭，会因此着凉发烧，并在同一天需要骑马八个小时穿越西伯利亚荒原？这些难道也是顺利的一部分吗？

委屈和自责从身体内部钻出，它们也在质问我。有人逼着你要到这里来吗？是你自己非要来的对吗？是不是你总是非要做什么不可，才让自己长时间被焦虑症状困扰，你才是造成自身困境的缚绳者。

但也是非要做什么不可的这个我，才让我一次次抵达荒原深处。两个都是我。同一个我让我陷入恐慌，也让我得以深入远境。

"再休息十分钟，好吗？"我对已经走远的乌兹喊。

我们在一块没有遮阴的干燥草地停下。我沉

默地用手撑着脑袋两侧,手肘顶在膝盖上。坐成一个稳定的三角,像一座人形的乌尔特。

"如果你很累了,我们可以往回走,你记得两个小时前我们经过的那个边防巡逻员的木屋吗?我们也许可以住在那。"乌兹说。

这个提议不可靠。乌兹并不确定那座木屋有人,就算有人,他们也不确定能够让我们留宿。为这样一个飘渺的可能性往回骑两个小时,第二天再重复两个小时的路程。不。

"还有一个办法,我知道离这里半小时的地方,还有一个查坦人营地,我们也许能睡在他们留下来的帐篷里……就是没有火炉。"这个方案同样不可靠。没法想象如何度过没有火炉的夜晚。有火炉的夜晚都已经如此难挨。

唯一可行的方案,只有继续往前,继续骑行两个小时。目的地是我们第一晚进入森林时住的乌尔特,里面有甘图雅一家留下的富余的火炉,他们在大约三周后返回时会再拆下带走。这是唯一可行的方案。现在休息拖延的每一分钟,都在增加抵达所需的时间,增加需要在入夜后冒险骑行的可能性。

但现在我只能沉默地坐一会儿。

乌兹不再和我说话。不知道过了多久。

过往等待恐慌发作过去的时间,是不是也是这样的空白?什么都不做,只是安静地等。不着急崩溃,逃避,对抗。只是等。抑制住想要做些什么的本能,抹除疼痛疲惫与恐慌的本能。只是坐在原地等。自己什么时候变得这样镇静了。

想起前一天下午,在河边。

乌兹、沙瓦和我去钓鱼,沿河走了一段。突然一群驯鹿出现在河边。它们优雅地踏过河面,鹿蹄轻轻拨开水面。啪嗒,啪嗒。它们在上下相接的蓝色镜面中间停下,转头看岸边的我们。乌兹和沙瓦不是因为鹿群停下,他们甩出鱼竿,尝试捉住在清澈水流中清晰可见的鱼。而我坐在岸边,完全被鹿群迷住了,不在意他们钓上来什么,只嫌鱼饵拍在河面和卷轴收紧鱼线的声音恼人。

"这里的鱼太小了,我们要再往前走,你要和我们一起来吗?"乌兹和沙瓦对小臂那么长的鱼不满意，把它们抛回河里。

"不，我就想待在这儿。"我没看他们，眼睛紧盯手机屏幕，另一头驯鹿正在从河对岸走来。

"那一会儿见了！"乌兹和沙瓦继续往前，很快没了声音。

太好了，没有杂音破坏眼前这一切，世界终于安静下来。比起钓鱼，在河边看驯鹿不是更美好的事吗？坐在草木之中，它们的高度恰好可以把我掩住，我完美隐身其中。这场正在实时上演的剧目只有我一个观众。这是河流与荒原为我秘密专设的剧场，驯鹿是唯一演员，没有任何其他人类来打扰。还有比这更美妙的事吗？太美了。太美了。天空与河面形成完美对称，驯鹿与它匀称的倒影在连接之处亲吻。我看得出神，直到最后一头驯鹿缓缓踱出视线。演出落幕。

真满足啊。我伸伸懒腰，舒展筋骨，站起来试图寻找乌兹和沙瓦的身影。应当没过去多长时间，也许还能追上他们吧？我把手机的拍照界面当作望远镜，用最高倍数的摄像头沿着河岸搜索，却毫无结果。甚至连刚才还在眼前的驯鹿都完全不见踪影。

还是算了吧，万一他们已经走别的路回去了呢？万一我们在途中没能顺利碰面，我反而越走越远迷路了呢？我在沿着河岸去追他们和返回乌尔特之间选择了后者。从我所在的地方往上看，能看到绿色的乌尔特。我决定就原地往上爬，走最近的路。

靠近河边的地方是湿地，布满塔头甸子。一团团凸起草堆，是数百年上千年湿地植物根系不断腐殖再生形成的微丘。塔头与水色幽黑的湿地沼泽相连。这片沼泽也许很快就会走完，就到干燥坡地了。我一边在塔头之上跳跃一边想。要很小心，塔头能够承载一个人的重量，但它湿润，会滑动，会下沉。看似突出水面，踩下去是泥水。挑那些大一点的塔头踩。已经离开河边好一段距离，看不到河岸了，很快就会走完的。

没留意塔头之间的距离越来越大，难以着力。毛靴几次踩进水里。明明踩在塔头上，却半只靴子陷在泥里，发出沉闷的噗嗤声。噗嗤。噗嗤。噗嗤。冷汗在几次慌乱地踏空打滑时冒了出来。下意识拔出靴子，我站在一只暂时稳固的塔头上，才意识到刚才那一脚打滑脚陷得并不浅。靴子里全是水，脚面冰凉。

不敢动。也不敢再往前踏上另一只塔头。仿佛再次看见那匹几乎全身都在泥沼里的马。可此刻我只有一个人。乌尔特隔得仍然远，呼叫是不可能得到回应的。早就消失在视野里的乌兹和沙瓦不可能回应我。驯鹿和马也不会。我只有一个人。刚才只是半只靴子陷进去而已，万一我也像那匹马一样，落入一个大洞。

脑袋嗡鸣。攥紧拳头。想尖叫，又觉得可笑。用什么语言？既不会蒙古语也不会查坦语。该用什么语言呼救，就算呼救又有什么用处？怎么办，要继续往前吗？湿地看不到结束迹象，明明前面就是一定可以通往乌尔特的山坡。

站在塔头上，看河流蜿蜒向远处，浩阔大地之上似乎只有我一个人类，乌尔特被山坡和灌木遮挡。微末被困于大地中间。近处的所有塔头此刻都难以信任，像诱饵。四下望去都是诱饵。那些黑色的眼睛，黑色的水盈盈的眼睛。水面之下是荒原湿地无尽无底的混沌梦境。它们时刻准备像无声无息地吞没一匹马一头驯鹿那样无声无息地吞没我。来啊，踏上我，这里坚固。

一万只蜂在我脑中蹿舞，一万只音箱发出刺耳啸叫。

冷静，必须冷静，我对自己说。现在最安全的方式是往回走，走回河边，来时踏过的塔头是安全的，你这么过来，也能这样回去。然后沿着河岸再往回走，找到湿地更少的回乌尔特的路。记得下来时吗？没有那么多塔头，那时你们很顺利地走到河边。一定要冷静。不是没有办法。冷静辨别下一个要跳过去的塔头是否安全。你可以。必须可以。不要慌张，集中精神。

好，让我们只看下一个塔头，不要看远处，这个看起来坚固。跳。那个似乎也可以。跳。站稳。站稳再跳到下一个上去。好。很好。就这样。很好。很顺利。马上就能回到河边。河流就在旁边，但我完全听不到水流的声音。只有污泥在脚下打滑的吱唧声,干草被踏折脆裂的声音。植物中的水分早已被寒气冻结,再被烈日蒸干。

回到河边。

换一条路往回走。

另一条回去的路只需要跨过很小一片湿地。

回到乌尔特。

耳边嗡鸣和啸叫慢慢消退。一切如常。查坦女人们忙着整理衣物。来的路上一头驯鹿把包袱掉进河里,灌木顶部是天然的晾衣架。小驯鹿趴着睡,它们的母亲在外觅食,晚些才会回来。男人们进山找鹿前伐下的粗木一节一节堆在乌尔特前。似乎一切如常。

我坐在一座乌尔特前的木桩上。周遭万物清晰,又无比疏离。

• • • •

一个秘密,存在于我和荒原之间。

我在乌兹和沙瓦用树枝串着大鱼归来时,强

装镇定地发出惊呼,感叹晚上有口福了,实际上心脏仍然慌得怦怦直跳,不敢显露刚才发生了什么。乌兹问我为什么换了薄靴,把厚重的马毛羊绒靴晾在外面。没事,刚才不小心弄湿了,我轻描淡写地敷衍。怎么会有人无法分辨沼泽的危险?我想象乌兹可能会对我说这样的话,露出不解又包含轻微瞧不起的神情。这一定是牧民永远不可能犯的错。我为自己犯这样的错感到羞耻。

是这样吗?也许这才是荒原的意图。它选择在我一个人时向我显露这个秘密,如同它为我铺设的驯鹿剧场。荒原请我看见它的全部面貌。荒原温柔。在清晨降下砂糖一般细柔的雪,像我的薄羽绒被火炉烫穿,绒絮扬散在乌尔特里。荒原磅礴。星幕倾泻,只有线条坚朗的延绵山脉能够托承,乌尔特像很小一只山,立在它们之中。荒原也不忌惮吐露它的难以预测与幽暗危险。虽然宽仁地允许我安全离开,安全返回。

恐惧。也许是恐惧,而不是寒冷让我全身发冷,脑袋昏沉,呼吸发烫。恐惧被荒原吞没,恐惧它的难以预测和幽暗危险。

风,声音,草茎。宇宙一切粒子穿过我的身体。

五分钟,十分钟,或半个小时。不知道那是多久一段空白。遥远,空旷。

我变得透明,变成了别的什么,变成我不熟悉的什么东西。更赤裸的什么东西。没有姓名的什么东西。没有故乡。没有历史。没有年岁。没有性别。血肉和骨骼,神经与细胞。日冕。耳蜗。樱桃的核。一只犬,鼻尖潮湿的凸起。漩涡。鲸的呼吸。明黄色花萼。刺。苔藓。椭圆形胎记。蝉蜕。俯冲的鹰。凝结的松脂。

人可以像拔除插销那样免除恐慌惧怕吗?如果可以该多么好啊。人可以携带恐惧生活吗?如果抵抗、回避、咒骂都没有作用,面对恐惧的唯一方式,是不是融入其中?承认我生成恐惧本身,我构成恐惧本身。我是我的恐惧。荒原并非时刻准备无声无息地吞没我,沼泽黑色的水盈盈的眼睛并无他物,映射的只是我的恐惧。

一切都会顺利——这是我所求的提醒。神灵

确实曾提醒我留心容易忘记的事。

"继续走吧。"我说。奇异的平静。

今天不管发生什么,都要走到目的地,那顶有难以透风的厚重帆布遮护,有火炉,有木床,等待着我们的乌尔特。无论接下来要花多少时间,两个小时,三个小时,四个小时,中途要休息多少时间来恢复体力,今天非到不可。如果因为这股非到不可的执念让发热加重,那就加重吧。如果这是抵达必须要承受的代价,我接受。今天非到不可。

接受荒原的寒凉、危险、无常。同时也接受从身体内部长出的恐惧。与荒原之间边界模糊。我们消融彼此。我自愿被荒原吞没。失去我。消弭我。

是我说话。也是荒原在用我的口言语。再次上马,往前走。

奇怪。阳光不再灼目,甚至连发烧都好似只是幻觉。倦乏突然消失。好像从来未曾存在。松畅地催马快走。很快我们离开原野,进入密林。乌兹和沙瓦在溪流停下,取晚上要喝的水。原本需要至少两个小时的路途,只用了一个半小时。

掀开软门,躬身钻进乌尔特。

天空缩小成头顶没有被遮挡的不规则圆形。火燃起来,热气朝人直逼。像被无形巨兽亲吻舔舐,舌面倒刺刮得皮肤辣痛。森林用枝干喂养火焰,乌尔特的守护灵。我们在由它护佑的巢穴之中松软下来,呼吸匀静。

。。,。

寻到确凿之物了吗?我问自己。在路途中我无数次问自己。

确凿之物,一定有所赋形吗?一定是能被眼睛看到,被手触到的实体吗?一定要在某个地方深深扎根,永不移动吗?一定是能够被真实地、确定地、牢固地握住的吗?一定曾被经受住漫长时间考验的传统加冕吗?到底是什么?如果确有一种之于所有曾被经历以及尚未到来的时间和存在而言,更远久、更广博、更恒定、更不容辩驳的确凿,到底会是什么?

似乎离它很近了。但仍然难以捉住它。

对查坦人而言，一座乌尔特中包含全部确凿。几天之后，查坦男人们即将结束长途跋涉而归。他们会远远望见嵌在原野中的、明亮绿色的、冒着炊烟的乌尔特。那里有等待的家人，有在锅中沸腾的食物，有滚烫炉火。它让人柔软，变成周身绒毛的动物，免除无助、恐惧与绝望。如同跋涉八个小时终于接近乌尔特的我们。看到那座熟悉的尖顶帐篷时，我和乌兹都忍不住大喊，天哪，是乌尔特！是家。确实如萨满所说，这是顺利的一部分，这样的一天是为了让我真正理解乌尔特到底对查坦人而言意味着什么，对吗？不只是用头脑理解它由多少根长木搭建，用多少块毡布围成，花多少时间能够拆下。

但同时，一座乌尔特也包含所有动荡。

为什么查坦人愿意承受如此频繁的迁徙，在如此孤绝有如此多变化和危险的环境中。他们距离村庄的固定居所只需要几个小时的骑行。离开森林，就无需将拆除重建乌尔特的工作一再重复，无需随时准备从泥沼中解救被困的动物。为什么他们能够承受如此剧烈的摆荡，不会感到疲惫，不因难以预测的不确定性而恐惧？夜里冷得无法入睡时，我忍不住一直想，一直想。一定不是因为无限忍耐。忍耐有限度，不可能长久。传统和惯性也很难完全解释它。

有没有可能，他们并不将动荡视作对意志与坚忍的考验？对查坦人而言，这种生活本身就是由更有超越性更永恒的确凿建构的。不同于我所理解的确凿。有没有可能，是我将终结流离的确凿，窄化为某种不变的东西，并期待它永远不变？是我狭隘地仅仅知道一种关于确定的定义，比如一个固定居所，一个无需漂移的地方，因此将迁徙视作苦累，对荒野抱以恐惧。是一个失根者渴求根系。

如果，真正确凿的就是我所惧惮的动荡本身。大地承载所有动荡，查坦人将之视为必然，而非失控。"山就是山啊。"甘图雅用汤勺轻轻搅动淡乳色的茶汤，稀松平常淡淡地说。当乌兹把我的困惑翻译给她。

山就是山啊。河流就是河流，森林就是森林，风就是风。词语将它们所指之物隐秘地固化为蜡像模型,变成我们能够理解并使用的符号,建立被索绪尔写入《普通语言学教程》的秩序逻辑,却容易让我们忘记,词语所指之物本来千变万化,言说只捕获异常有限的确凿。我们远在词语出现之前就识得山、河流、森林、风雪,它们的存在确凿,它们的变化也同样确凿。沼泽湿软,落雨让河面上涨,腐木会失重倒下,驯鹿的角在冬天自然脱落,都是确凿无疑的。

把大地与流变视作确凿,那么查坦人所拥有的家就不是某座乌尔特,而是数百平方公里的荒原。那么在乌尔特和乌尔特之间,在高山和谷地之间迁徙,只是人与驯鹿从家里的一个房间,搬到另一个房间。这里是冬天房间,那里是初春房间。这里是盛夏房间,那里是晚秋房间。

人被允许在荒原中拥有任何一座乌尔特。

荒野是允许一切的地方。允许一切在它之上落下。一头驯鹿,一匹马驹,一个初次到访的陌生女人,一个从子宫娩出的婴孩。自然是那么宽博的存在,允许一切发生,允许一切止息。允许莽撞闯入,允许恐惧,允许消融。我与万物同在荒原无差的允纳之中,与万物同为刍狗。这似乎比被荒原特别对待更让人感到辽阔慰藉。我可以被轻易吞噬,同时也可以安然穿越。我与一粒雪、一头驯鹿、一条溪水、一截断木,并无不同。我的身体在大地之中,纤敏捕捉过往所有可见的沉积,也向所有尚未凝结的不确定性敞开。

再一次,我们在乌尔特中煮羊肉汤意大利面。

"你知道吗,刚才休息的时候,我真的以为你肯定要哭了。但你竟然没有,我没想到。"乌兹掏出简易燃气炉,准备煎羊肉丁。

"嗯,是差一点。"

"我当时想,你肯定在心里骂我,怎么把你带到这样一个鬼地方,然后大哭起来。"乌兹狡黠地笑。我白他一眼,歪倒在还没拆开的睡袋上。

羊肉、土豆、胡萝卜在煎锅里被煸出焦香。化学常识告诉我,那是美拉德反应,肉中的氨基酸与还原糖在与高温油脂的接触中,释放出风味丰富的化合物。随便什么反应吧,总之半个小时前打的溪水变成了浓白淳厚的羊肉汤。最后加入的意大利面换成了三色螺旋面,入口比通心粉更柔软。

松枝在炉中噼啪作响。